Von: Marei

Bonnie Bryant

*Entführung im Reitstall*

Sattelclub Band 15

Bonnie Bryant

# *Entführung im Reitstall*

Sattelclub Band 15

Aus dem Amerikanischen übersetzt
von Simone Wiemken

Ravensburger Buchverlag

Die Deutsche Bibliothek – CIP-Einheitsaufnahme

**Bryant, Bonnie:**
Entführung im Reitstall / Bonnie Bryant.
Aus dem Amerikan. übers. von Simone Wiemken. –
Ravensburg: Ravensburger Buchverl., 1996
(Sattelclub; Bd. 15)
ISBN 3-473-34685-3
NE: GT

*Für Judy, die schon immer pferdebegeistert war*

1 2 3 4 5 00 99 98 97 96


Die amerikanische Ausgabe erschien
unter dem Titel „The Saddle Club – Horsenapped"
beim Verlag Bantam Books, New York

Umschlagkonzeption: Ekkehard Drechsel
Umschlagillustration: Ulrike Heyne
Redaktion: Sabine Schuler
Gesamtherstellung:
Graphischer Großbetrieb Pößneck GmbH
Printed in Germany

Papier aus chlorfrei gebleichtem Zellstoff

ISBN 3-473-34685-3

# 1

„Eines Tages werde ich auch so gut reiten", verkündete Laura Hanson ihren Freundinnen Jenny Lake und Julia Atwood. Die drei Mädchen sahen einer erwachsenen Reiterin zu, die an der dreitägigen Vielseitigkeitsprüfung von Pine Hollow teilnahm.

„Natürlich wirst du das", sagte Julia.

„Nein, wird sie nicht", widersprach Jenny. „Sie wird noch viel besser reiten."

Laura mußte lächeln. Sie war froh, daß Jenny und Julia ihre besten Freundinnen waren, und sie hoffte nur, daß sie beide recht hatten. Die drei Mädchen liebten alles, was mit Pferden zu tun hatte. Sie betrachteten sich selbst als komplette Pferdenarren und hatten den Sattelclub gegründet, um jederzeit zusammen reiten und über Pferde reden zu können.

Laura war die erfahrenste Reiterin der drei. Sie hatte das Reiten auf den verschiedenen Stützpunkten der Marineinfanterie gelernt, auf denen sie mit ihrem Vater, einem Oberst, und ihrer Mutter gelebt hatte, bis diese vor zwei Jahren gestorben war. Reiten bedeutete Laura alles. Sie wußte zwar noch nicht, was sie später einmal werden wollte, doch sie wußte, daß es etwas mit Pferden zu tun haben würde. Vielleicht würde sie Turnierreiterin werden oder Züchterin, Reitlehrerin oder auch Tierärztin. Schon der Gedanke daran ließ ihre dunklen Augen aufleuchten.

Jenny ritt auch schon seit einigen Jahren, und sie war fast so gut wie Laura. Ihre Neigung zu spontanen Handlungen und frechen Streichen hatte ihr im Laufe ihrer Reitausbildung schon so manche Schwierigkeiten bereitet. Außerdem hatte Jenny oft Probleme mit Leuten, die ihre Art zu denken in vielen Situationen einfach nicht nachvollziehen konnten. Manchmal gelang dies nicht einmal ihren besten Freundinnen, doch sie wußten zumindest, daß Jennys verrückte Ideen eigentlich immer lustig waren.

Julia war zwar ein Jahr älter als ihre Freundinnen, hatte aber erst vor kurzem mit dem Reiten angefangen. Ihr Reitlehrer Max Regnery hatte sie allerdings schon mehrmals als Naturtalent bezeichnet. Das und harte Arbeit hatten ihr ermöglicht, mit ihren erfahreneren Freundinnen mitzuhalten. Julia arbeitete gern. Das galt sowohl für die Schule als auch für den Stall. Und obwohl ihre Mutter es lieber gesehen hätte, wenn sie sich ein damenhafteres Hobby wie etwa Ballett oder Malen ausgesucht hätte, war Julia doch stolz auf das, was sie erreicht hatte.

„Seht euch an, wie sie die Ecke ausreitet", sagte Laura. „Das ist es, was Max immer von uns verlangt."

Julia beobachtete die Reiterin genau. Sie hatte schon viel von Laura gelernt, und das hier sollte keine Ausnahme sein. Die Reiterin in der Bahn ritt Dressur – die erste Teilprüfung der Vielseitigkeit –, und sie war ausgezeichnet. Manche Leute finden es langweilig, sich Dressurprüfungen anzuschauen, doch erfahrene Reiter erkennen darin das Können (oder Nicht-Können) des Teilnehmers viel besser als beim Geländeritt oder beim Springen, den beiden Disziplinen, die den Reitern an den zwei folgenden Tagen bevorstanden.

Die drei Mädchen hatten sich für die Jugendprüfungen an allen drei Tagen der Veranstaltung gemeldet. Die Prüfungen waren denen für die erwachsenen Teilnehmer sehr ähnlich, doch für seine jungen Reiter hatte Max sich nicht in jedem Fall streng an die offiziellen Turnierregeln gehalten. Er hatte den dreien jedoch versichert, daß die Prüfungen trotzdem noch schwer genug sein würden, was Julia ihm unbesehen glaubte. Sie war jedoch auch überzeugt, daß sie viel Spaß haben würde.

Eine der Änderungen, die Max eingeführt hatte, war, daß seine jungen Reiter für jede Teilprüfung eine Schleife erhalten würden, zusätzlich zu den Schleifen für den Gesamtsieger und die Plazierten. Julia hatte keine Hoffnung auf eine goldene Schleife. Immerhin ritt sie noch nicht lange. Aber sie hoffte doch, in der einen oder anderen Disziplin zumindest auf dem zweiten oder dritten Platz zu landen.

„Wer startet als nächstes?“ fragte Jenny, schaute ins Programmheft und unterbrach damit Julias Gedanken.

„Mrs. Murray, aber danach kommt Alicia Downing. Sie ist spitze“, sagte Julia.

„Und vor allem ist sie sehr nett. Wollen wir zu ihr gehen und ihr Glück wünschen?“ fragte Laura.

„Gute Idee“, sagte Jenny. „Aber gib es zu: Wem willst du Glück wünschen? Mrs. Downing oder ihrem traumhaften Vollblutpferd Bodoni?“

„Du hast mich ertappt“, gab Laura lachend zu. „Los, kommt.“

Die drei verließen ihre Plätze und betraten das große, dämmrige Stallzelt, das für die Turnierpferde errichtet worden war.

„Hier entlang“, sagte Jenny, lief voraus und sah dabei über ihre Schulter. Noch bevor sie wußte, was geschah, prallte sie gegen etwas Großes, das sich schnell bewegte.

„Umpf!“ stieß sie hervor und setzte sich unsanft auf den Hosenboden.

„O Jenny, das tut mir aber leid“, sagte das große, sich schnell bewegende Etwas. Es war Donald, der neue Pferdepfleger von Pine Hollow. Er reichte Jenny die Hand und half ihr auf die Beine. „Es liegt nur daran, daß ich so viel zu tun habe. Mrs. Murray schreit herum, weil sie einen Fleck auf dem Stiefel hat, ich muß zwei Pferde tränken, und ich bin sicher, daß Max mir noch etwas anderes aufgetragen hat, aber ich weiß nicht mehr, was es war, denn ich habe noch sechs andere Dinge auf meiner Liste, also, wenn ihr mich jetzt entschuldigt... "

Bevor Jenny etwas erwidern konnte, war er schon wieder fort. Sie schüttelte gereizt den Kopf. „Ich weiß ja, daß er viel zu tun hat und daß ich aufpassen sollte, wo ich hinlaufe, aber seht euch das an! Meine Reithose ist voller Dreck, und ich muß in der Dressurprüfung schließlich auch sauber aussehen!"

„Das ist doch nur Staub", sagte Julia. Sie hob etwas vom Boden auf. Es war ein Päckchen Kaugummi mit Wassermelonengeschmack, das Donald fallen gelassen hatte. „Ich hasse Wassermelonenkaugummi", verkündete sie.

„Ich nehme es", sagte Jenny und steckte das Kaugummi ein. „Ich mag alle Sorten. Außerdem schuldet er es mir, dafür, daß er mich umgerannt hat. Aber was mache ich jetzt mit meiner dreckigen Hose?"

„Wir gehen in den Waschraum im Stall, und ich helfe dir, sie wieder sauberzumachen, okay?"

„Dazu braucht ihr mich doch nicht, oder?" fragte Laura. Julia schüttelte den Kopf. „Gut, dann gehe ich Bodoni besuchen. Wir treffen uns auf der Tribüne."

Laura schlenderte durch die Boxenreihen im Stallzelt und suchte nach Bodonis Box. Sie liebte dieses Pferd. Es war ein lackschwarzer Hengst, ein Vollbruder von

Cobalt, einem anderen Pferd, das sie einmal sehr geliebt hatte.

Als sie an Bodonis Box ankam, mußte sie jedoch feststellen, daß diese leer war. Sein Sattelzeug war noch da – geritten wurde er also nicht. Die Boxentür stand weit offen und ragte in die Stallgasse hinein, so daß leicht jemand dagegen laufen oder sich ein Pferd daran verletzen konnte. Das war sehr merkwürdig. Kein Pferdebesitzer würde so etwas jemals tun, weil es sich einfach nicht gehörte. Laura war überzeugt, daß hier etwas nicht stimmte.

„Wo ist Bodoni?" fragte sie Donald, der auf dem Weg zu einer seiner vielen Arbeiten an ihr vorbeisauste.

„Schon weg", rief Donald ihr über die Schulter zu.

Das war noch merkwürdiger. Bodoni hätte mit ziemlicher Sicherheit eine Schleife geholt. Warum war er nicht am Start? Und was noch merkwürdiger war, warum sollte seine Besitzerin mit ihm nach Hause fahren und sein ganzes Sattelzeug hierlassen? Etwas war faul an der Sache. Sie mußte Alicia Downing finden und sie fragen, was los war.

Das Stallzelt wimmelte von Menschen, doch die meisten von ihnen kannte Laura nicht.

„Haben Sie Alicia Downing gesehen?" fragte sie eine Teilnehmerin, doch die Frau zuckte nur mit den Schultern.

Plötzlich wurde Laura klar, daß sich Alicia sicher

nicht mehr auf dem Gelände aufhielt, wenn Bodoni schon weggebracht worden war. Sie überlegte, ob sie Alicia vielleicht noch beim Verladen ihres Pferdes erwischen konnte. Sie sauste durch die überfüllten Gänge auf den Parkplatz. Sie mußte wissen, was mit ihrem Lieblingspferd los war. Sie mußte unbedingt mit Alicia reden.

Sie bekam keine Gelegenheit dazu. Das einzige, was sie von ihr noch sah, war ihr Geländewagen mit dem Pferdeanhänger, der gerade vom Parkplatz rollte.

Laura winkte ihr zu, in der Hoffnung, daß Alicia anhalten und mit ihr reden würde, doch Alicia winkte nicht einmal zurück. Laura sah, wie sie sich über das Lenkrad beugte, und als das Gespann um die Kurve fuhr, konnte sie sehen, wie der Anhänger auf dem unebenen Weg hüpfte und sprang.

Es konnte hundert Gründe haben, überlegte Laura, und vielleicht war ja auch alles in Ordnung, aber...

Laura war verwirrt. Der Gedanke an den hüpfenden und schlingernden Anhänger ließ sie schmerzlich das Gesicht verziehen. Für Bodoni mußte es schrecklich sein, so durchgeschüttelt zu werden. Doch dann kam ihr die Idee, daß seine Besitzerin dies vielleicht beabsichtigt haben könnte. Es war schließlich allgemein bekannt, daß es Pferden mit einer Kolik manchmal guttat, im Anhänger herumgefahren zu werden. Das würde auch erklären, warum Alicia nicht an den Start gegangen war und warum sie Bodonis Sattelzeug im Stallzelt zurückgelassen hatte.

Laura war zufrieden, die wahrscheinlichste Erklärung gefunden zu haben, und beschloß, zur Tribüne zurückzugehen und sich dort mit Jenny und Julia zu treffen. In der Prüfung für die Erwachsenen mußten noch vier Reiter starten, unter ihnen auch der andere Favorit, und Laura wollte keinen von ihnen verpassen. Wenn die Prüfung für die Erwachsenen vorüber war, würde es eine kurze Pause geben, und dann mußten die Jugendlichen ihre Dressurprüfung reiten.

Sie lief zurück durch das Zelt und zum Dressurplatz, doch bevor sie dort eintraf, kamen Jenny und Julia ihr schon entgegen.

„Zu spät", sagte Jenny. „Du hast den letzten Reiter verpaßt."

„Den letzten? Was ist denn mit Bill Feeney?"

„Gestrichen", verkündete Jenny knapp.

„Gestrichen?"

„Sie meint, er hat seine Nennung zurückgezogen und sich aus der Starterliste streichen lassen", erklärte Julia.

„Ich weiß, was sie meint. Aber warum?" wollte Laura wissen. Sie war enttäuscht. Das war der andere Reiter gewesen, der mit ziemlicher Sicherheit eine Schleife bekommen hätte. Wie Alicia ritt auch Mr. Feeney einen wertvollen Vollblüter. Ihm gehörte die Stute Margerita, die er aber nur Micky nannte. Sie stammte von einem

Hengst ab, der das Kentucky-Derby gewonnen hatte. Laura sah diese Stute gern in der Bewegung. Sie lief so leichtfüßig, daß es fast aussah, als schwebte sie. Doch heute würde Laura sie nicht mehr zu sehen bekommen.

„Sie haben nicht gesagt, warum. Sie sagten nur, Mr. Feeney hätte zurückgezogen. Das ist schrecklich für ihn, aber es ist auch schrecklich für uns, denn es bedeutet, daß wir schon in einer halben Stunde dran sind!" betonte Jenny.

Eine halbe Stunde war nicht viel Zeit, und die drei hatten noch unheimlich viel zu tun. Jetzt dachte Laura nicht mehr an Bodoni und Micky. Jetzt dachte sie nur noch an Silberstern, ihr eigenes Pferd.

Die Mädchen hasteten zum Stall und sausten in verschiedene Richtungen davon. Sie waren für ihre Pferde selbst verantwortlich. Laura lief schnurstracks zu Silbersterns Box. Er sah großartig aus. Sie hatte ihn am Vormittag anderthalb Stunden lang geputzt, und sein Fell glänzte und schimmerte wie poliert. Sein Schweif war eingeflochten. Sie hatte auch versucht, seine Mähne zu flechten, doch sie war von einem so schönen, tiefen Schwarz, daß es einfach schade war, sie so einzuflechten, daß man sie kaum noch sehen konnte. Außerdem hätte Laura schwören können, daß Silberstern aufgeatmet hatte, als sie den bereits geflochtenen Teil wieder aufgelöst hatte. Er wirkte mit der eingeflochtenen Mähne einfach albern.

Sie holte sich ihr Sattelzeug aus der Sattelkammer und machte ihr Pferd fertig. Sie tat das fast jeden Tag immer auf die gleiche Weise, doch heute war es irgendwie anders. Laura achtete immer darauf, daß Silberstern sauber und gepflegt aussah, doch an diesem Tag würde zum erstenmal noch jemand anders – und noch dazu ein Richter – darauf achten.

Sie hatte ihren Sattel geputzt und gefettet, bis er in einem matten Glanz erstrahlte. Beim Satteln betrachtete sie ihn noch einmal ganz genau und konnte nicht den winzigsten Schmutzfleck entdecken. Keine Frage: Sie war bereit.

Sie klopfte Silberstern den Hals und schaute auf die Uhr. Ihr blieben noch zehn Minuten. Gab es noch etwas zu tun?

Sie dachte an ihre Freundinnen. Für sie alle war es das erste richtige Turnier. Würde es etwas ausmachen, daß sie dabei gegeneinander antreten mußten?

Laura glaubte es nicht. Immerhin waren sie die besten Freundinnen. Nicht eine von ihnen würde diese Freundschaft für eine lächerliche kleine Schleife aufs Spiel setzen. Laura war aufgeregt. Sie war fest entschlossen, ihr Bestes zu geben, genau wie ihre Freundinnen. Aber würde ihr Bestes gut genug sein? Das mußte sich erst noch erweisen.

Als Laura sicher war, daß sie nichts vergessen hatte, holte sie tief Luft und stieß die Boxentür auf. Sie führte

Silberstern durch die Stallgasse zum Ausgang. Dort blieb sie stehen und wartete.

„Fertig?“ fragte Jenny. Sie kam von hinten und führte Topside am Zügel.

„Ich hoffe es“, sagte Laura.

„Ich auch“, sagte Julia und gesellte sich zu ihren Freundinnen. Pepper folgte ihr brav.

„Worauf warten wir dann noch?“ wollte Jenny wissen.

Laura zuckte mit den Schultern und sah Julia an. Worauf warten wir noch? schien ihr Blick zu sagen.

„Darauf“, sagte Julia. Sie stieg auf Peppers Rücken und griff an einen Pfosten. Dort war das Glücksbringer-Hufeisen angenagelt. Julia berührte es.

Dieses Hufeisen gehörte zu den ältesten Traditionen von Pine Hollow. Alle Reiter strichen nach dem Aufsitzen kurz mit der Hand darüber, und niemand, der dies getan hatte, war beim Reiten jemals ernstlich verletzt worden.

Laura saß auf und berührte ebenfalls das Hufeisen. Jenny folgte ihrem Beispiel.

„Jetzt ist der Sattelclub zu allem bereit!“ verkündete Jenny und ritt voraus zum Abreiteplatz.

# 2

„Du bist die erste, Jenny. Viel Glück!“ sagte Julia.

„Zeig's ihnen!“ ermutigte Laura sie.

„Oh, Mann, ich fühle mich, als müßte ich in den Krieg ziehen“, stöhnte Jenny.

„Das ist gar nicht so falsch“, erklärte Laura, „denn die Dressur ist von den Griechen für ihre Kriegspferde erfunden worden. Sie waren der Ansicht, daß ihre Pferde sich in der Schlacht besser lenken lassen, wenn sie gelernt haben, perfekt mit ihrem Reiter zusammenzuarbeiten. So fiel den Soldaten das Kämpfen leichter. Du siehst, es gibt einen Grund für alles, was wir heute tun...“

Jenny begann zu kichern. Das war wieder einmal typisch für Laura. Sie wußte sehr viel übers Reiten, und zu jedem Thema gab es irgendeine ausgefallene Einzelheit, die sie, wie gewöhnlich, im unpassendsten Moment ihren Freundinnen erzählte.

„Ich wollte dir ja nur helfen“, murmelte Laura verlegen.

„Das hast du auch getan. Du hast mich von meiner

Aufregung abgelenkt. Das hilft mir schon sehr. Vielen Dank."

„Fertig?" fragte der Starter. Jenny nickte.

„Dann kann es ja losgehen!"

Jenny hörte das Signal. Es bedeutete, daß ihr noch sechzig Sekunden blieben, um mit Topside in die Bahn zu reiten. Sie selbst fühlte sich ganz entspannt, doch Topside wirkte irgendwie unruhig. Sie ließ ihn im Schritt antreten und auf einem großen Zirkel neben dem Einritt herumgehen. Egal, wie unsicher sie selbst war, sie mußte es verbergen und Topside Selbstvertrauen vermitteln. Sie atmete tief und setzte sich bequem in den Sattel. Topside entspannte sich zusehends beim Herumschlendern auf dem Zirkel. Jenny wußte, er war bereit.

Das letzte Wort, das sie beim Einreiten hörte, war „Lächeln!"

Jenny hatte ihre Dressuraufgabe schon seit Wochen geübt. Sie kannte sie auswendig. Sie kannte jede Wendung, und sie und Topside waren auf jeden Handwechsel vorbereitet. Das einzige Problem war nur, daß sie sich an nichts mehr erinnern konnte.

Topside rettete sie. Er war die Aufgabe schon so oft durchgegangen, daß er automatisch das Richtige tat. Er trabte in die Mitte der Bahn und blieb dort stehen, mit dem Kopf zu den Richtern. Da fiel es Jenny wieder ein: Als erstes mußte sie die Richter grüßen. Das hatte sie auch oft genug geübt. Sie ließ ihre rechte Hand fallen und neigte respektvoll den Kopf. Die Richter nickten ihr zu. Das war geschafft. Aber was kam nun?

Wieder half Topside ihr. Er ging im Schritt in die Ecke, in der die Aufgabe begann. Der Dressurplatz, der genau zwanzig mal vierzig Meter groß war, war am Zaun mit Buchstaben gekennzeichnet – je einer an der kurzen Seite und je drei an den langen Seiten.

Jede Figur, die Jenny ritt, mußte an einem dieser Buchstaben beginnen und an einem anderen enden. Jetzt hatte sie gegrüßt und war in der ersten Ecke der langen Seite angekommen. Aber was kam nun?

Jenny holte tief Luft, und plötzlich fiel ihr alles wieder ein. Sie ließ Topside antraben und ging in Gedanken die ganze Aufgabe durch.

Topside war großartig. So wie sie ihn vor dem Einreiten beruhigt hatte, beruhigte er nun sie. Jenny fühlte seine Kraft und sein Können, und sie gaben ihr Mut.

Als erstes mußte sie auf dem Zirkel reiten. Zunächst im Trab und dann im Galopp. Sie begann. Die Zirkel klappten gut, wenn sie auch versehentlich ein paar Schritte länger leichttrabte, obwohl sie bereits hätte aussitzen müssen, doch sie vermutete, daß dies niemand merken würde. Zumindest hoffte sie, daß es niemand merken würde. Als nächstes mußte sie im Leichttraben aus dem Zirkel wechseln, also gewissermaßen eine große Acht reiten. Sie achtete sehr darauf, beim Überreiten der Mittellinie zwei Takte auszusitzen, um auf dem richtigen Fuß leichtzutraben. Auch die einfachen Galoppwechsel klappten perfekt, aber Jenny war sicher, daß das nur daran lag, daß sie ihrem Pferd perfekte Hilfen gegeben hatte.

Die letzte Übung war eine Schlangenlinie durch die ganze Bahn. Alles klappte großartig, bis zum Schluß. Doch dann, als Jenny vor dem Richterhäuschen aufmarschierte, um zum zweitenmal zu grüßen, fiel ihr auf, daß sie den letzten Bogen der Schlangenlinie zu groß gemacht hatte und nun in der verkehrten Richtung stand. Das war einfach schrecklich. Es war vielleicht denkbar, daß die Richter nicht gemerkt hatten, daß sie statt auszusitzen leichtgetrabt hatte, aber sie würden nie übersehen, daß Jenny in die falsche Richtung grüßte! Sie mußte etwas tun. Und zwar schnell.

Dann kam ihr die rettende Idee. Sie hatte mit Topside Wendungen geübt, und obwohl es kein Teil ihrer Dressuraufgabe war, hatte sie doch das Gefühl, daß es gutgehen könnte. Jenny legte den inneren Schenkel am Gurt an und den äußeren hinter dem Gurt. Sie verstärkte den Druck des äußeren Schenkels, und Topside machte, ohne mit der Wimper zu zucken, eine perfekte Vorhandwendung. Seine Vorderbeine blieben, wo sie waren, und die Hinterbeine traten in einem Halbkreis um sie herum. So gut hatte es beim Üben nie geklappt. Jenny lächelte stolz und verneigte sich vor den Richtern. Die Richter lächelten zurück und erwiderten ihren Gruß. Jenny entspannte sich. Es war vorbei. Jetzt mußte sie es nur noch schaffen, die Bahn zu verlassen, ohne vom Pferd zu fallen! Auch das gelang ihr.

„Du warst toll!" jubelte Laura. „Wirklich toll!"

„Die Wendung war spitze. Ich wußte gar nicht, daß du so etwas kannst!" stellte Julia fest. „Es war einfach genial, und ich hatte den Eindruck, daß die Richter auch begeistert waren."

Soviel Lob war Jenny fast peinlich. Schließlich war diese Wendung auf der Vorhand nicht eingeplant gewesen. „Es war gewissermaßen ein Fehler", sagte sie.

„Das war es allerdings!" bemerkte jemand kühl. Die Mädchen sahen sich zu der Sprecherin um. Es war Veronica diAngelo, ein eingebildetes, reiches Mädchen mit einer eigenen Vollblut-Araberstute. Leider interessierte Veronica sich stets mehr dafür, wie ihr Pferd aussah, als dafür, wie sie ritt. „Solche Angeberei beeindruckt niemanden. Das war doch nur ein mißglückter Versuch von dir, alle anderen schlecht aussehen zu lassen."

„Nein, Veronica, das war es nicht", widersprach Jenny, doch dann wurde ihr klar, daß es sinnlos war. Veronica würde sich ohnehin nicht umstimmen lassen, und da sie sich in den Kopf gesetzt hatte, daß Jenny nur hatte angeben wollen, konnte selbst die beste Erklärung sie nicht davon abbringen. „Also gut, ich gebe es zu", sagte Jenny also. „Ich habe angegeben, aber nicht, um dich schlecht aussehen zu lassen. Du siehst auch ohne meine Hilfe schon schlecht genug aus." Jenny grinste hämisch. Sie liebte es, wenn Veronica puterrot anlief.

„Veronica, dein Startsignal", sagte der Starter. „Bist du bereit?"

„Allerdings!" erwiderte Veronica schnippisch. Sie riß an Garnets Zügeln, um sie zum Tor zu drehen, und verpaßte ihr dann einen Tritt in die Rippen, um sie in Bewegung zu versetzen. Garnet schrak auf und schoß auf das Dressurviereck hinaus. Das war kein vielversprechender Anfang.

Der Sattelclub beobachtete Veronicas Ritt genau, doch er war nicht schön anzusehen. Veronica war eine erfahrene Reiterin. Sie wußte genau, wie alle Teile dieser Prüfung geritten werden mußten, doch an diesem Tag war sie mit ihrem Pferd uneins, und es wurde immer schlimmer. Anstatt mit ihrem Pferd zusammenzuarbeiten, kämpfte sie dagegen. Sie riß wiederholt am Zügel und gab grobe Hilfen; das Ganze sah aus wie ein Ringkampf – und genau das sollte Dressur eigentlich nicht sein.

„Ich kann gar nicht zusehen, wie sie das arme Pferd mißhandelt", sagte Laura. „Es fehlt nur noch, daß sie ihr die Sporen – o nein! Sie hat es getan!"

Jenny und Julia trauten ihren Augen nicht. Veronica stieß Garnet die Sporen in den Bauch. Es gab zwar Pferde, die eine gelegentliche Ermahnung mit den Sporen brauchten, doch in diesem Fall war es nicht Garnet, die ermahnt werden mußte. Es war Veronica.

Sie hatte erst etwa zwei Drittel ihrer Aufgabe hinter sich gebracht, doch nach dieser letzten Grobheit brach Veronica in Tränen aus, riß Garnet herum und galoppierte aus der Bahn. Sie hatte kaum den Stall erreicht, als sie auch schon vom Pferd sprang und dem verblüfften Donald, der gerade eine Kaugummiblase vor dem Mund hatte, die Zügel zuwarf.

Sie stürmte zu Garnets Kopf, stemmte die Hände in die Hüften und begann ihr Pferd zu beschimpfen. „Du hast mir die Prüfung versaut!" keifte sie. „Ich will dich nie wiedersehen!" Mit diesen Worten stürzte sie davon.

Es war beinahe komisch. Jenny begann zu kichern, und Julia mußte sich arg zusammenreißen, um es nicht auch zu tun. Laura dagegen tat Garnet leid. Sie war ein gutes Pferd, das nur versuchte, das zu tun, was Veronica wollte. Das Problem war nur, daß Veronica etwas Unmögliches von ihr verlangt hatte – Gedankenlesen. Dazu war kein Pferd in der Lage. Genaugenommen, dachte Laura, war auch kein Mensch in der Lage, Veronicas Gedanken zu lesen!

„Laura, du bist die nächste", sagte der Starter. „Bist du soweit?"

Sie war bereit, und Silberstern ebenfalls. Als das Signal ertönte, ritt sie unter den „Viel Glück"-Rufen ihrer Freundinnen in die Bahn.

Laura und ihr Pferd bewältigten die Dressuraufgabe ohne Schwierigkeiten, doch Laura war sicher, daß sie nicht so gut gewesen war wie Jenny. Auch wenn Jenny manchmal unkonzentriert und zerstreut wirkte, war sie in der Dressur doch sehr gut, sogar noch besser als Laura. Als Laura die Prüfung hinter sich gebracht hatte, war sie mit sich zufrieden. Sie hatte ihr Bestes gegeben. Es freute sie aber auch, daß Jenny die bisher höchste Punktzahl erreicht hatte, denn das war nur gerecht. Laura klopfte Silberstern stolz den Hals, als sie mit ihm die Bahn verließ. Immerhin war er ein unerfahrenes, junges Pferd, das seine Sache sehr gut gemacht hatte.

„Brav so", lobte sie ihn. Silberstern nickte mit dem Kopf, als hätte er sie verstanden. Laura hielt das durchaus für möglich. Sie führte Silberstern in den Stall und sattelte ihn schnell ab. Sie hatte nur etwa zehn Minuten Zeit, bis Julia an der Reihe war, und ihren Ritt wollte sie auf keinen Fall verpassen.

„Ich hasse sie!" Laura vernahm die unangenehm schrille Stimme von Veronica diAngelo. Da Veronica alle möglichen Leute haßte, war Laura sehr neugierig, gegen wen sich ihre Haßtirade diesmal richtete. „Ich will sie nie wiedersehen. Dieses blöde Pferd hat mir meine Dressurprüfung versaut!"

„Aber, Veronica." Das war Mr. diAngelos Stimme. Ihr Vater versuchte, sie zu beruhigen, doch ohne Erfolg.

„Ich verlange, daß ihr dieses Pferd an einen Hundefutterfabrikanten verkauft. Noch heute! Das ist das einzige, wozu es taugt!"

„Ich bin sicher, daß du morgen anders darüber denkst, Liebling", sagte ihre Mutter.

„Nein, das werde ich nicht. Ich will sie nie wieder reiten, und ich will auch nicht, daß es jemand anders tut. Sie ist ekelhaft. Sie hat nichts von dem getan, was ich von ihr verlangt habe!"

Laura zuckte bei jedem von Veronicas Ausbrüchen zusammen. Es war typisch für sie, daß sie dem Pferd die Schuld für ihre Fehler gab, aber *Hundefutter*?

„Ich hasse sie! Ich hasse sie!" kreischte Veronica und beharrte weiterhin darauf, daß ihre Eltern ihr Pferd an einen Hundefutterfabrikanten verkauften, „oder noch besser, *schenkt* sie ihm!"

„Aber, aber, Veronica. Es muß doch etwas geben, das wir tun können, damit du dich besser fühlst", sagte Mr. diAngelo.

„Es gibt auch etwas! Schafft mir dieses gräßliche Pferd aus den Augen!"

Ihre Mutter versuchte eine andere Strategie. „Warum fährst du jetzt nicht mit uns heim und – sagtest du nicht etwas von einer neuen Boutique im Einkaufszentrum? Möchtest du auf dem Heimweg dort hineinschauen? Vielleicht findest du etwas Hübsches, und dann geht es dir sicher besser."

Laura wurde vom Zuhören fast übel. Es war typisch,

daß Veronicas Eltern glaubten, sie könnten sich jedesmal freikaufen, wenn ihre Tochter ihnen eine Szene machte. Das letzte, was Laura hörte, als sie aus ihrer Box schlüpfte, war, wie Veronica ihrer Mutter verkündete, daß es ihr erst wieder besser gehen würde, wenn Garnet beim Schlachter war. Laura konnte es nicht länger ertragen, und außerdem war es fast Zeit für Julias Ritt.

Sie kam gerade noch rechtzeitig, um Julia Glück zu wünschen. Während Julia in der Bahn war, hielten Laura und Jenny fast die ganze Zeit den Atem an.

„Ecken gut ausgeritten", kommentierte Jenny. Laura nickte nur. „Und ihre Unterarme und die Zügel bilden fast eine gerade Linie. So soll es sein."

„Ja, fast perfekt", sagte Laura. „Sie hat wirklich viel gelernt für jemanden, der erst so kurze Zeit reitet."

Offensichtlich waren die Zuschauer derselben Meinung, denn als Julia fertig war, wurde geklatscht. Auch die Richter sahen zufrieden aus. Julia aber verzog schmerzlich das Gesicht, als sie zu ihren Freundinnen zurückritt.

„Ich habe so viele Fehler gemacht!" stieß sie hervor.

„Das stimmt", gab Laura zu. „Aber du hast auch unheimlich viel richtig gemacht. Du warst gut, und beim nächstenmal wirst du noch besser sein."

„Da hast du wahrscheinlich recht. Aber auf dem falschen Fuß leichtzutraben? Das hätte mir nicht passieren dürfen."

„Nein, wirklich nicht", sagte Jenny. „Aber das Angaloppieren war spitze, und ich wette, das ist den Richtern auch aufgefallen. Aber nun komm. Ich helfe dir, Pepper abzusatteln. Er hat sich eine Belohnung verdient, und ich weiß, wo ich ein paar Möhren finde."

Jenny hielt die Zügel, während Julia absaß. Dann klopfte Julia Pepper den Hals und rieb ihm liebevoll den Kopf. Er hatte alles getan, was sie von ihm verlangt hatte, und das war schon sehr viel.

„Gut gemacht, Pepper", lobte sie ihn. „Beim nächstenmal werde ich mir noch mehr Mühe geben, und dann wirst auch du noch besser sein. Möchtest du jetzt ein paar Möhren?" Pepper machte sich auf den Weg zu seiner Box, ohne daß Julia etwas dazu tun mußte. „Und Max behauptet immer, Pferde verstünden nicht, was man zu ihnen sagt!" alberte Julia, die endlich wieder lächeln konnte.

Laura begleitete ihre Freundinnen, doch als sie sah, wie Julia Pepper umarmte, fiel ihr ein, daß es noch ein Pferd im Stall gab, das sich etwas Trost in Form einer Möhre verdient hatte, und dieses Pferd war Garnet. Die Stute hatte alles getan, was ihre Besitzerin von ihr verlangt hatte, doch gelobt worden war sie dafür nicht. Nachdem Jenny die Möhren geholt hatte, die Max für sie in den Kühlschrank gelegt hatte, nahm sich Laura ein paar davon, um sie Garnet zu bringen, die in der Box neben Pepper stand.

Es war ungewöhnlich voll im Stall, denn überall standen Teilnehmer und ihre Eltern und Großeltern herum. Red O'Malley, der Futtermeister von Pine Hollow, putzte das Pferd eines Teilnehmers, Donald führte gerade ein Pferd in seine Box und trug das Sattelzeug eines anderen auf dem Arm. Im ganzen Stall herrschte geschäftiges Treiben.

Die drei Mädchen aber nahmen kaum wahr, was um sie herum vorging. Das war immer so, wenn sie sich über Pferde unterhielten.

Sie führten Pepper zu seiner Box und diskutierten dabei über die Bedeutung des Dressurreitens als Grundlage für jede Form der Reiterei – nicht nur für die alten Griechen. Sie waren so sehr ins Gespräch vertieft, daß Laura erst merkte, daß Garnet verschwunden war, als sie schon mit drei Möhren in der Hand in ihrer leeren Box stand.

„Garnet?" sagte sie, doch sofort kam sie sich albern vor. Als wenn Garnet plötzlich aus ihrem Versteck kommen würde! In einer drei mal vier Meter großen Box gab es keine Ecke, in der sich eine ausgewachsene Araberstute hätte verstecken können.

„Wo ist sie denn?" fragte Laura und blickte suchend die Stallgasse entlang, in der Hoffnung, sie dort irgendwo angebunden stehend zu entdecken. „Sind wir an ihr vorbeigegangen?"

Jenny stand auf der Stallgasse und sah sich ebenfalls

um. „Nein, hier ist sie nicht. Was glaubst du, wo sie steckt?"

Die diAngelos konnten sie unmöglich mit nach Hause genommen haben, denn Garnet war hier zu Hause. Plötzlich fielen Laura Veronicas Worte wieder ein.

„O nein!" stieß sie hervor.

„Was ist denn?" fragte Jenny besorgt.

„Hundefutter!" sagte Laura und verließ die Box.

„Wie bitte?"

Laura erklärte alles. Sie hatte bisher noch keine Zeit gehabt, den Freundinnen von Veronicas letztem Auftritt zu erzählen. Außerdem hatte er sich kaum von den Wutanfällen unterschieden, die Veronica sonst hatte, und Laura hatte ihre Forderungen genausowenig ernst genommen wie ihre Eltern. Doch nun war Garnet verschwunden. Sollte Laura den Einfluß, den Veronica auf ihre Eltern hatte, unterschätzt haben?

„Hundefutter? Ich bitte dich!" sagte Julia, die gerade mit dem Sattelzeug aus Peppers Box kam. „Es muß eine andere Lösung geben. Laßt uns in ihrer Box nachsehen. Vielleicht finden wir einen Hinweis."

„Klar, laßt uns Pferdedetektive spielen", sagte Jenny. „Es ist ein Rätsel, und wir werden es lösen."

Voller Zweifel kehrte Laura in Garnets Box zurück. Jenny und Julia folgten ihr. Zunächst sah alles ganz normal aus, nur leer. Das Stroh war relativ sauber, was darauf hindeutete, daß Garnet nach dem Putzen noch nicht lange wieder in ihrer Box gewesen war. Auch der Wassereimer war noch ziemlich voll.

Laura ging das Wort *Hundefutter* nicht aus dem Kopf. Sie konnte an nichts anderes denken.

„He, was ist denn das?" fragte Julia und deutete auf ein Stück Papier, das an dem hölzernen Balken über der Boxentür hing. „Das war vorhin noch nicht da."

Jenny half ihr hoch, und Julia riß das Papier ab. Es ging ganz leicht, denn es war mit Kaugummi an den Balken geklebt. Julia sprang zu Boden, löste den klebrige Kaugummi von dem Papier ab und überflog die in Druckbuchstaben geschriebene Nachricht.

„O nein!" stieß sie hervor.

„Hundefutter?" stieß Laura gepreßt hervor.

„Nein, schlimmer", sagte Julia. „Es ist eine Lösegeldforderung. Garnet ist entführt worden!"

Laura nahm ihr das Papier ab und las die daraufstehende Botschaft.

„WIR HABEN IHR PFERD. WENN SIE ES JEMALS WIEDERSEHEN WOLLEN, BESORGEN SIE 10.000 DOLLAR IN BAR UND WARTEN SIE AUF WEITERE NACHRICHT VON UNS. KEINE POLIZEI, ODER SIE KÖNNEN DEN GAUL VERGESSEN!"

# 3

„Entführt? Soll das ein Witz sein?" fragte Jenny.

„Das ist kein Witz. Lies, was hier steht." Julia reichte Jenny die Lösegeldforderung.

„Die arme Garnet", murmelte Laura.

„Wir müssen die Polizei holen", sagte Julia.

„Auf keinen Fall!" rief Laura. „Die Entführer haben es ausdrücklich verboten, und wir dürfen Garnets Leben nicht aufs Spiel setzen."

„Dann müssen wir zumindest Mr. diAngelo Bescheid sagen. Ein Glück, daß er so reich ist. Die zehntausend Dollar werden ihm nicht weh tun", bemerkte Jenny.

Laura überlegte fieberhaft, und die Gedanken, die ihr durch den Kopf schossen, gefielen ihr gar nicht. „Wartet eine Sekunde", sagte sie. „Hier steckt mehr dahinter, als auf den ersten Blick zu sehen ist. Vielleicht viel mehr. Erzählt noch niemandem davon. Wir müssen erst darüber nachdenken."

„Wenn wir nachdenken wollen, müssen wir uns dafür einen ruhigen Ort suchen. Hier geht es heute zu wie im Zoo", stellte Jenny fest.

„Gute Idee", sagte Laura. „Ihr beide kümmert euch um Pepper, ich hole uns etwas zu trinken, und dann treffen wir uns auf dem Hügel hinter der Koppel. Alle Leute sind beim Reitplatz, also müßten wir dort etwas Ruhe haben. In fünf Minuten?"

„Ist gut", sagte Jenny. Julia und sie machten sich an die Arbeit.

Auch Laura hatte etwas zu tun. Ihr erster Weg führte sie wie versprochen zum Kühlschrank, um drei Dosen Cola zu holen. Dann schlug sie den Weg zum Stallzelt ein. Sie ging schnurstracks zu Bodonis leerer Box und betrachtete sie genau. Die Boxen waren aus senkrecht stehenden Metallrohren errichtet worden. Laura schaute an den Rohren entlang nach oben. Plötzlich entdeckte sie etwas. An einem der grauen Metallrohre, in mehr als zwei Metern Höhe, klebte etwas. Laura stellte sich auf die Zehenspitzen und reckte sich danach. Sie konnte es zwar nur mit den Fingerspitzen erreichen, doch es gab keinen Zweifel. Es waren die Überreste eines kleinen Kaugummiklumpens. Sie mußte sich schon sehr irren, wenn Alicia Bodoni wirklich wegen einer Kolik aus dem Wettkampf genommen hatte. Sie hatte seine Nennung streichen lassen, weil er entführt worden war!

Lauras nächste Aufgabe war es, herauszufinden, in welcher Box Margerita, das Pferd von Bill Feeney, gestanden hatte, bevor es unter mysteriösen Umständen von der Starterliste gestrichen wurde. Bisher hatte sie die Box der Stute noch nicht gefunden. Sie konnte also ziellos im Zelt herumsuchen, oder...

„Ach, Donald!“ rief sie dem Pferdepfleger zu, der an ihr vorbeisauste. Er verlangsamte sein Tempo, und sie hastete neben ihm her. „Weißt du, wo Margerita ist?“

„Ich habe es wirklich eilig, Laura“, sagte er und ging wieder schneller, wie um seine Worte zu unterstreichen.

„Ich weiß. Du sollst ja auch gar nichts tun. Sag mir nur, wo Margerita ist.“

„Woher soll ich das wissen?“ fragte er. „Ich weiß nur, daß sein Besitzer...“

„... ihr Besitzer“, verbesserte Laura ihn. Diesen Fehler konnte Laura ihm nicht durchgehen lassen, selbst wenn er es noch so eilig hatte. „Auch wenn er sein Pferd immer Micky nennt, ist es doch eine Stute.“

„Meinetwegen. Ich weiß nur, daß ihre Nennung zurückgezogen wurde.“

„Das weiß ich auch. Aber wo war ihre Box?“

Donald wurde einen Augenblick langsamer und sah sich suchend um. „Da hinten, glaube ich“, sagte er und deutete in die hintere Ecke des Zelts. „Ich bin mir aber nicht sicher.“

Bevor Laura ihn noch etwas fragen konnte, war er schon wieder fort. Sie schlug die Richtung ein, die er ihr gezeigt hatte. Es waren zwar über fünfzig Pferde für das Turnier gemeldet worden, von denen mehr als dreißig in diesem Zelt standen, aber es war doch merkwürdig, daß ein gewissenhafter und fleißiger Pferdepfleger wie Donald nicht mehr wußte, wo eines von ihnen gestanden hatte, vor allem, wenn es sich dabei um ein wertvolles Vollblutpferd wie Micky handelte.

In der Ecke, in die Donald gezeigt hatte, fand Laura nur einen Stapel der Metallrohre, aus denen die Boxen bestanden hatten. Wenn hier einmal eine Box gewesen war und wenn Micky darin gestanden hatte, war sie nun fort. Einen Moment lang betrachtete Laura den Stapel Rohre genau, doch sie sah schnell ein, daß es hoffnungslos war. Sie war sich nicht sicher, ob Mickys Box wirklich in dieser Ecke gestanden hatte, und wenn sie wirklich ein Stück Kaugummi fand, was bewies das schon? Die Leute klebten ihre Kaugummis bekanntlich überallhin. Das bedeutete überhaupt nichts. Plötzlich entdeckte sie etwas. Es war der Rest eines Kaugummis, der an einem der Stützpfeiler klebte. Doch wie sie sich bereits selbst gesagt hatte, bedeutete es sicher überhaupt nichts. Wahrscheinlich nicht.

Laura warf einen Blick auf ihre Uhr und sauste dann in demselben Tempo los, das Donald immer einschlug. Als sie auf dem Hügel hinter der Koppel eintraf, war sie ganz außer Atem.

„Wo bleibst du denn?" fragte Julia. „Wir hatten schon Angst, du wärst auch entführt worden."

Laura reichte jeder Freundin eine Dose Cola, warnte sie, die vom Rennen durchgeschüttelten Dosen nicht sofort zu öffnen, und ließ sich neben Julia ins Gras fallen. Jenny öffnete ihre Cola. Sie explodierte fast, und ein feiner Sprühregen schoß aus der Dose.

„Hach, ist das schön!" rief Jenny.

Obwohl Laura nicht begeistert davon war, klebrige Cola auf ihren Reitsachen zu haben, mußte sie doch zugeben, daß eine kalte Coladusche an einem heißen Tag etwas für sich hatte.

„Laßt uns zur Sache kommen", mahnte Julia. Sie zog die Lösegeldforderung aus der Tasche und legte sie vor sich auf den Boden. „Was wollen wir tun, um Garnet zu retten?"

„Ich glaube, es geht hier nicht nur um Garnet", sagte Laura. Jenny und Julia sahen sie überrascht an. Laura erzählte ihnen von ihrem Verdacht.

„Ich hatte vermutet, daß Alicia Bodoni im Anhänger weggebracht hat, weil er eine Kolik hatte, aber als auch Micky zurückgezogen wurde, bin ich mißtrauisch geworden."

Sie erzählte ihnen von dem Kaugummi, das sie gefunden hatte.

„Du meinst also, wir haben es hier nicht mit einem Einzelfall zu tun, sondern mit einer Serie? Oder mit mehreren Einzelfällen, die zufällig den gleichen Modus operandi haben?" fragte Jenny.

„Modus operandi?" sagte Julia. „Was ist denn das?"

„Es ist lateinisch für Vorgehensweise", erklärte Laura.

„Aber genaugenommen bedeutet es eigentlich nur, daß Jenny sich zu viele Krimis im Fernsehen ansieht."

„Wie es heißt, ist doch egal. Hauptsache, wir schaffen es, die Entführer zu schnappen!"

„Bevor sie den Pferden etwas antun", fügte Laura hinzu.

„Einen Moment mal", unterbrach Julia. „Was bedeutet dieses wir? Ist dies nicht eine Angelegenheit, die nur die Pferdebesitzer und die Polizei betrifft?"

„Daran habe ich auch schon gedacht", gab Laura zu.

„Auf keinen Fall!" rief Jenny. „Denkt daran, was auf der Lösegeldforderung über das Einschalten der Polizei stand."

„Und was ist, wenn wir die diAngelos anrufen?" fragte Julia. „Darüber stand doch nichts auf dem Zettel."

„Nein, aber du mußt eines bedenken", sagte Jenny. „Wenn wir die diAngelos anrufen oder ihnen die Lösegeldforderung bringen, was werden sie dann tun?"

„Wahrscheinlich werden sie uns verhaften lassen", stellte Julia düster fest. „Denn sie müssen annehmen, daß wir auch in das Verbrechen verwickelt sind."

„So dämlich ist vielleicht Veronica, aber ihre Eltern bestimmt nicht", argumentierte Jenny. „Nein, sie werden entweder die Polizei anrufen oder das Lösegeld bezahlen."

„Na und?" fragte Laura. Sie wollte wissen, worauf Jenny hinauswollte, denn sie hatte das Gefühl, daß dies wieder einer von Jennys „genialen Plänen" werden könnte. Sie bedeuteten meistens Ärger, und über diesem stand das Wort Ärger in Großbuchstaben.

„Verstehst du es denn nicht? Wenn sie die Polizei einschalten, können wir Garnet abschreiben, und Bodoni und Micky wahrscheinlich auch..."

„Wenn Bodoni und Micky wirklich entführt wurden."

„Ja, wenn, aber da bin ich mir ziemlich sicher. Auf jeden Fall ist es ein Fehler, die Polizei zu informieren."

„Und was ist verkehrt daran, das Lösegeld zu zahlen, Garnet zurückzubekommen und dann die Polizei anzurufen?" fragte Julia.

„Nichts", sagte Jenny. „Natürlich nur, wenn sie Garnet wirklich zurückbekommen, nachdem das Lösegeld übergeben wurde. Wenn ein Verbrecher einen Handel abschließt, ist noch nicht gesagt, daß er sich auch an seinen Teil der Abmachung hält, oder seht ihr das anders?"

„Was willst du damit sagen?" fragte Laura.

„Ich bin der Meinung, daß wir Garnet in große Gefahr bringen, wenn wir irgend jemandem davon erzählen."

„Es dürfte aber schwierig werden, die Tatsache zu verbergen, daß Garnet nicht in ihrer Box steht", gab Julia zu bedenken.

„Ach, das glaube ich nicht", sagte Jenny. „Schließlich dauert das Turnier noch zwei Tage, und jeder ist mit sich selbst beschäftigt. Außerdem ist Veronica disqualifiziert worden, weil sie mitten in der Prüfung aus dem Viereck geritten ist, also werden weder sie noch ihre Eltern hier aufkreuzen."

„Max", sagte Laura. „Er wird es merken. Ebenso Donald und Red. Schließlich sind sie diejenigen, die Garnet die meiste Zeit versorgen."

„Daran arbeite ich bereits", sagte Jenny. „Mir wird schon etwas einfallen."

„Es muß aber etwas Gutes sein", mahnte Laura. „Immerhin steht Garnets Leben auf dem Spiel."

„Ha, jetzt weiß ich es! Wir sagen Max, daß die diAngelos Garnet für ein paar Tage auf ihre Koppel gestellt haben, weil sie der Meinung waren, daß der Trubel im Stall sie beunruhigt."

Laura kratzte sich am Kopf. Die Idee war nicht schlecht, doch sie war sich nicht sicher, ob sie funktionieren würde.

Julia, die von den dreien am besten logisch denken konnte, übernahm. „Zwei Dinge stimmen daran nicht", sagte sie. „Erstens wird Max bei den diAngelos anrufen, um nachzufragen, wie es Garnet geht, und um sicherzugehen, daß sie nicht sauer auf ihn sind."

„Niemals", sagte Jenny. „Zumindest nicht, bevor das Turnier vorbei ist."

„Das kann sein", gab Julia zu. „Aber wenn das Turnier vorbei ist und Max sie anruft und herausfindet, daß es gar nicht stimmt, wird er sagen, daß *wir* es ihm erzählt haben, und dann sitzen wir in der Patsche, wenn nicht sogar im Knast."

„Dann ist es vielleicht das beste, wenn wir ihn nur *denken* lassen, daß die diAngelos Garnet mitgenommen haben, und es ihm nicht ausdrücklich sagen."

„Das geht in Ordnung", sagte Julia. „Ich sehe nur noch ein Problem. Sobald die drei Turniertage vorüber sind, wird Max wieder wie immer, und dann wird er anrufen. Ich stimme mit Jenny überein, daß es Garnet schaden könnte, wenn wir jemanden informieren, aber wenn wir bis zum Ende des Turniers keinen Erfolg erzielt haben, müssen wir jemanden einweihen."

„Wenn wir bis dahin nichts erreicht haben, können wir ja so tun, als hätten wir die Lösegeldforderung gerade erst entdeckt. Was haltet ihr davon?" fragte Jenny.

„Für meinen Geschmack ist das Ganze zu kompliziert", stellte Laura fest.

„Ja, aber wir tun es für die Pferde, vor allem für Garnet", erinnerte Jenny sie.

„Ich hoffe, diese Kerle verstehen etwas von Pferden", murmelte Laura. „Schließlich sind die drei nur die beste Pflege gewöhnt. Nicht auszudenken, was passieren könnte, wenn die Entführer sie nicht ordentlich pflegen und füttern."

„Mach dir keine Sorgen", sagte Jenny. „Wir werden einen Weg finden, sie ausfindig zu machen und zu retten, bevor ihnen etwas Schlimmes passiert. Wir müssen nur eine Möglichkeit finden, uns ungesehen anzuschleichen. Wir werden auf die Titelseite der Zeitung kommen – ach, auf die Titelseiten aller Zeitungen des Landes!"

„Einen Augenblick!" Julia unterbrach Jennys Höhenflug. „Ich bin gar nicht scharf darauf, mich irgendwo anzuschleichen. Ich will nur herausfinden, wo die Pferde sind und wer sie entführt hat, und dann darf die Polizei den Fall übernehmen. Es ist nicht nötig, daß wir die Helden spielen!"

Laura nickte zustimmend. „Ich weiß zwar nicht, wie ihr darüber denkt, aber für mich ist die Sicherheit der Pferde das Wichtigste."

Laura öffnete vorsichtig ihre Coladose. Sie explodierte nicht. Sie nahm einen Schluck und sah zur Reitbahn hinunter, in der der letzte jugendliche Teilnehmer gerade seine Dressuraufgabe beendete. Laura stand auf.

„Es wird Zeit, Max zu suchen und ihn glauben zu machen, daß die diAngelos Garnet haben."

„Und dann sollten wir von hier verschwinden", fügte Jenny hinzu. „Es liegt eine Menge Arbeit vor uns. Ich hatte gerade eine geniale Idee für eine Verkleidung, falls wir sie brauchen sollten. Mein Vater hat diesen alten Regenmantel, und dazu ein falscher Schnurrbart..."

Beinahe hätte Julia gelacht. Wenn Jenny erst einmal

einen ihrer genialen Pläne verfolgte, ging es manchmal mit ihr durch. Und ein alter Regenmantel und ein falscher Schnurrbart bewiesen eindeutig, daß das mal wieder soweit war. Aber vielleicht hatte Jenny ja auch nur einen Scherz gemacht. Julia hoffte es zumindest.

Nach Julias Meinung war es eines der besten Dinge am Sattelclub, daß sie alle drei so verschieden waren. Jenny hatte ihre genialen Pläne, bei Laura drehte sich alles ausschließlich um Pferde, und sie selbst war eher logisch veranlagt. Diese Unterschiede hatten bisher immer dafür gesorgt, daß sie zusammen mehr erreicht hatten, als es jeder einzelnen möglich gewesen wäre. Aber ob das diesmal auch der Fall sein würde?

„He, mir ist gerade etwas eingefallen!" rief Jenny und wischte sich den Schmutz von der Reithose. „Meine Mutter hat ein riesiges Vergrößerungsglas. Das können wir sicher brauchen!"

Laura dachte wie immer an etwas anderes. „Vielleicht sollte ich eine Anzeige in die Zeitung setzen, in der die Entführer nachlesen können, wieviel Futter die Pferde brauchen und wann sie es bekommen müssen."

„Laßt uns der Reihe nach vorgehen. Das Wichtigste zuerst", sagte Julia, doch es hörte ihr niemand zu.

# 4

Julia zufolge war es das Wichtigste, zunächst einmal herauszufinden, ob Bodoni und Micky wirklich zusammen mit Garnet entführt worden waren.

Jenny war überzeugt davon und sprach ständig von „Indizienbeweisen". Laura war sich nicht sicher, was diese Indizienbeweise sein sollten, vermutete jedoch, daß sie etwas mit dem Kaugummi zu tun hatten. Schließlich ordnete Julia an, daß Laura am nächsten Tag herausfinden sollte, ob die Pferde nun verschwunden waren oder nicht.

Am nächsten Morgen klingelte Lauras Wecker schon sehr früh. Beinahe hätte sie ihn gar nicht gebraucht, denn sie hatte ohnehin die halbe Nacht wachgelegen und sich überlegt, wie sie den Auftrag, den Julia ihr gegeben hatte, am besten ausführen konnte. Und jedesmal, wenn sie dem Einschlafen nahe war, hatte sie angefangen, darüber nachzudenken, ob die Entführer die Pferde auch anständig versorgen würden, und schon war sie wieder hellwach gewesen. Sie hatte aufgeatmet, als es endlich hell wurde und sie sich zumindest über eines keine Sorgen mehr zu machen brauchte: das Einschlafen.

Für die Dauer des Reitturniers schliefen die drei Freundinnen bei Jenny daheim, denn das war dem Reitstall am nächsten. Laura stand auf, ohne die beiden anderen zu wecken. Im fahlen Morgenlicht schlüpfte sie in ihre Reithose und schlich dann mit den Stiefeln in der Hand hinunter in die Küche. Sie trank ein Glas Milch und zog ihre Stiefel an. Sie und Silberstern hatten etwas zu erledigen, und je eher sie damit anfingen, desto früher würden sie es hinter sich haben. Heute war außerdem der Tag der Geländeprüfung. Das bedeutete, Silberstern würde zweimal ins Gelände gehen müssen. Auf dem ersten Ritt würde es keine Schleife zu gewinnen geben, doch er konnte dazu beitragen, Garnet, Bodoni und Micky aus ihrer gefährlichen Lage zu befreien.

Obwohl Laura gar nicht gern früh aufstand, war sie doch immer froh, wenn sie es einmal getan hatte. Am frühen Morgen hatten der Stall und die Pferde immer etwas Besonderes an sich, vor allem in diesen Tagen, denn während des Turniers war der frühe Morgen die einzige Zeit des Tages, zu der es in Pine Hollow nicht von Teilnehmern, Pflegern, Reitlehrern, Eltern und anderen Zuschauern wimmelte.

Laura brauchte nur ein paar Minuten, um Silberstern zu satteln. Die Aussicht auf einen frühen Ritt schien ihm genauso zu gefallen wie Laura. Sie führte ihn zur Stalltür, saß auf, berührte das Glücksbringer-Hufeisen und ritt los.

Willow Creek in Virginia ist keine besonders große Stadt. Viele der Bewohner haben mit Pferden zu tun, und die meisten „Pferdeleute" kennen einander. Alicia Downing und Mr. Feeney besaßen beide ein Haus in der Nähe von Pine Hollow. Laura würde zu ihnen nicht lange reiten müssen, zumal sie die Abkürzung über die Wiesen nehmen konnte.

Die Luft war noch kühl, und nichts wies darauf hin, daß es wieder ein heißer, schwüler Tag werden würde. Morgennebel hing über den Wiesen, doch er würde sich auflösen, sobald es wärmer wurde. Alles duftete frisch und sauber, und die Landschaft wirkte ausgesprochen friedlich.

Silberstern warf den Kopf hoch; er konnte es kaum erwarten.

Um zu Alicias Haus zu kommen, mußte Laura über ein Paar Wiesen und einen kleinen Hügel hinauf reiten. Der kurze Ritt war eine gute Gelegenheit, Silberstern warmzureiten. Laura wollte ihn auf keinen Fall überanstrengen. Er würde nachmittags beim Geländeritt noch genug zu tun bekommen, doch dieser Ausritt über die Wiesen war etwas, das sie beide genossen.

Laura sah auf ihre Uhr. Es war acht Uhr, als sie Alicias Haus erreichte. In der Küche lief das Radio – es mußte also schon jemand wach sein. Laura hatte zwar die ganze Nacht darüber nachgedacht, wie sie vorgehen sollte, doch sie war nicht wie Jenny und hatte keinen genialen Plan ausgeheckt. Jenny hatte ihr abends noch unzählige Vorschläge gemacht, doch die meisten erforderten eine so ausgeklügelte Taktik, daß Laura sich davon schlicht überfordert gefühlt hatte. Aus diesem Grund hatte sie beschlossen, den direkten Weg einzuschlagen. Sie würde einfach fragen.

Sie knotete Silbersterns Zügel an Alicias Zaun fest, ging zur Küchentür und klopfte.

„Wer ist da?" kam die erschreckte Antwort.

„Hier ist Laura Hanson von Pine Hollow", rief Laura nervös. „Ich kam gerade hier vorbeigeritten, das heißt, ich meine, ich habe mein Pferd bewegt, weil ich heute nachmittag beim Turnier mitmache, und ich dachte, ich halte kurz an, weil ich Sie und Bodoni gestern gar nicht gesehen habe, und da wollte ich fragen..."

Laura war klar, daß sie sich vollkommen verhaspelt hatte. Sie hatte sich angehört wie ein kleines Dummchen, doch sie konnte nichts dagegen tun.

„Ich habe im Moment viel zu tun", sagte Alicia durch die Fliegengittertür.

„Es tut mir leid, wenn ich Sie störe", sagte Laura. Sie würde sich nicht abweisen lassen. „Ich wollte nur wissen, ob Bodoni in Ordnung ist. Ich frage nur, weil ich Sie gestern in aller Eile abfahren sah."

„Es geht ihm gut", antwortete Alicia knapp. „Jetzt ist nur keine gute Zeit..."

„Ist er in seinem Stall hinter dem Haus?" bohrte Laura weiter.

Alicia überlegte kurz. Sie sah eindeutig besorgt aus. „Natürlich", sagte sie dann. „Wo sollte er denn sonst sein? Aber jetzt kann ich wirklich nicht mehr mit dir reden."

Die Tür wurde geschlossen.

„Auf Wiedersehen", sagte Laura höflich in die Luft.

Sie meinte es jedoch nicht ernst damit, denn sie war noch nicht bereit zu gehen. Sie kehrte zu Silberstern zurück und saß auf. Sie ritt hinter dem Haus vorbei, damit es aussah, als wollte sie über die Wiesen zurückreiten. Doch kaum war sie außer Sichtweite des Hauses, als sie auch schon kehrtmachte. Ein kurzer Blick in den Stall genügte: Bodonis Box war leer.

„Was hast du hier zu suchen?" Alicias Stimme ertönte nur wenige Meter hinter Laura. Sie war ihr gefolgt, um sicherzugehen, daß sie verschwand, und jetzt hatte sie Laura auf frischer Tat ertappt, wie sie in ihrem Stall herumspionierte.

Laura überlegte schnell. „Ich dachte, ich könnte vielleicht etwas Wasser für Silberstern bekommen", murmelte sie. Alicia fiel jedoch nicht darauf herein.

„Auf der Weide steht ein Wassertrog, Laura", sagte sie. „Und das weißt du genau. Dort kannst du dein Pferd gern tränken, aber in meinem Stall hast du nichts zu suchen. Außerdem habe ich dir bereits gesagt, daß dies keine gute Zeit für einen Besuch ist. Und jetzt geh bitte."

Alicia blieb stehen und sah zu, wie Laura wieder aufsaß und wegritt. Diesmal würde sie sich nicht zurückschleichen können, doch das war auch gar nicht nötig. Alicia hatte ihr zwar nicht direkt gesagt, daß Bodoni entführt worden war, doch es war klar, daß etwas nicht stimmte und daß es mit Bodoni zu tun hatte. Jetzt war Laura vollends überzeugt, daß sie recht hatte.

Sie war sicher, daß Mr. Feeney genauso reagieren würde wie Alicia, wenn es sich nicht vermeiden ließ, mit ihm zu sprechen. Aus diesem Grund beschloß sie, nach Möglichkeit nicht mit ihm zu reden. Sie würde direkt in den Stall gehen.

Mr. Feeney hatte einen kleinen Stall an der Seite seines Hauses. Laura schlich sich von der anderen Seite an. Der Stall war unverschlossen. Laura und Silberstern gingen hinein. Der Stall war leer – genau, wie sie erwartet hatte. Sie hatte sich für einen Tag schon genug Ärger eingehandelt.

Laura sah auf die Uhr. Es war Zeit, nach Pine Hollow zurückzureiten. Sie hatte noch viel zu tun vor dem Geländeritt.

Auf dem Rückweg über die Wiesen begegnete Laura Max, Red und Donald, die letzte Arbeiten an den Geländehindernissen erledigten. Der Ritt würde sowohl über die Wiesen als auch durch den Wald führen, und die jungen Reiter hatten dabei eine Menge schwieriger Hindernisse zu bewältigen. Es war fast wie auf einer Fuchsjagd, und Laura vermutete, daß es viel Spaß machen würde. Max entdeckte sie und winkte ihr zu. Red ebenfalls. Donald sah sie nur nachdenklich an. Laura nahm an, daß er befürchtete, sie könnte ihr Pferd überanstrengen.

Sie beugte sich nach vorn und klopfte Silberstern den Hals. Er war kein bißchen müde. Der flotte Morgenritt hatte ihm gefallen. Wie zum Beweis dafür stellte er den Schweif hoch und machte größere Schritte. Er war bereit.

# 5

Jenny richtete den Wasserstrahl auf Topside, um ihn noch einmal abzuspritzen. Sie hatte ihn von oben bis unten gewaschen, damit er bei ihrem Start am Nachmittag glänzte.

Jetzt war sie zufrieden, stellte das Wasser ab und zog leicht an der Führleine, um ihn vom Waschplatz wegzubringen. Nun mußte er trocknen und dann noch einmal geputzt werden.

Topside bewegte sich nicht. „Nun komm schon", ermahnte Jenny ihn, doch er war immer noch nicht bereit, ihr zu folgen. Jenny wußte, wo das Problem lag. Er liebte es, gebadet zu werden, und wollte noch nicht aufhören. In dieser Hinsicht war er genau wie ihr kleiner Bruder Michael. Der lag auch mit Vorliebe eine Ewigkeit in der Wanne. Die einzige Möglichkeit, ihn aus dem Wasser zu bekommen, war, ihm vorzuflunkern, daß Alex oder Tim, ihre beiden anderen Brüder, mit seinem Computer spielten. Jenny hatte jedoch irgendwie das Gefühl, daß dieser Trick bei Topside nicht funktionieren würde.

„Du würdest sicher jemand anderen an deine Computerspiele lassen, nicht wahr?" sagte sie zu ihm.

Topside reagierte nicht darauf. Es schien, als hätte er beschlossen, sich nicht zu bewegen oder sonstwie zu reagieren, bevor er nicht länger baden durfte.

„Jetzt reicht's!" sagte sie streng. „Wenn du nicht sofort aufhörst zu duschen, gibt es heute abend keinen Nachtisch!" Sie zupfte beim Sprechen an der Führleine.

Aus irgendeinem Grund gehorchte Topside diesmal. Er folgte ihr brav auf die Stallgasse. Jenny war froh, daß es funktioniert hatte, doch sie überlegte, was in aller Welt sie ihm nun zum Nachtisch geben sollte.

„Er sieht super aus!" stellte Julia fest. Sie stand ebenfalls auf der Stallgasse, wo sie ihr Pferd Pepper zum Putzen angebunden hatte.

„Danke", sagte Jenny. „Und Pepper sieht aus, als wollte er auf einen Botschaftsempfang gehen!"

Julia nickte stolz. Pepper war ein Apfelschimmel, dessen Fell natürlich nicht so glänzte wie das tiefe Braun von Topside, doch gründlich gestriegelt und gebürstet wirkte er gleich ganz anders.

„Ich habe gerade überlegt, warum Pferde wohl so lange stillhalten, wenn man sie putzt. Kannst du dir das erklären?" fragte Julia.

„Klar. Sie finden es schön", sagte Jenny. „Sie lieben die Aufmerksamkeit, und vieles davon, wie Baden und Gebürstetwerden, fühlt sich einfach gut an. Ich glaube nicht, daß sie das Hufeauskratzen auch so toll finden, aber viele Pferde wissen wahrscheinlich, daß es sich besser anfühlt, wenn die Hufe sauber sind, und deshalb lassen sie es sich gefallen."

Das klang logisch. Doch dann fiel Julia etwas anderes ein. „Das klingt vernünftig. Aber wie erklärst du dir dann, daß sich die Pferde auf der Weide sofort hinwerfen und erst einmal genüßlich wälzen?"

„Gute Frage", gab Jenny zu.

„Darauf gibt es zwei Antworten", sagte Laura und gesellte sich zu ihren Freundinnen. Sie führte Silberstern nach ihrem Morgenritt wieder in den Stall. „Erstens tun sie es, um sich zu kratzen oder sich abzukühlen. Und zweitens tun sie es, um möglichst schmutzig zu werden, damit sie hinterher schön lange geputzt werden."

„Also, das ist Pferdelogik", stellte Julia fest.

„Das klingt doch ganz vernünftig", bemerkte Jenny.

„Aber nur, wenn man ein Pferd ist!" schloß Julia.

„Vorsicht! Vorsicht, darf ich mal durch?" Es war Donald, der eine mit Heuballen beladene Schubkarre vor sich herschob.

Die drei Mädchen und ihre Pferde blockierten die ganze Stallgasse. Donald würde sich unter den Anbindestricken hindurchducken müssen, um weiterzukommen. Die Mädchen hatten jedoch nicht einmal Zeit, ihre Pferde beiseite zu schieben, als er sich auch schon einen Weg um sie herum gesucht hatte und wieder fortsauste.

„Was war das denn?“ fragte Julia.

„Ein rasender Derwisch!“ stellte Jenny fest.

„Jemand, der nicht weiß, was er tut“, fügte Laura hinzu. „Es ist ganz schön wagemutig von ihm, mit der Karre so dicht hinter Topside vorbeizufahren. Donald ist noch nicht lange genug hier, um zu wissen, ob Topside ausschlägt oder nicht.“

Julia sah die Stallgasse hinunter hinter dem sich rasch entfernenden Donald her. Laura hatte recht, und das war merkwürdig. Schließlich wußte doch jeder, daß kein Pferd wie das andere war. Manche von ihnen waren regelrecht gefährlich sein, wenn man nicht aufpaßte. Doch Donald hatte nicht aufgepaßt. Er hatte nur Glück gehabt. Topside war ein großartiges Pferd mit einem einmaligen Charakter. Doch wenn Donald die Schubkarre so dicht an Silbersterns Hinterteil vorbeigeschoben hätte, hätte er den Stall möglicherweise im Tiefflug verlassen!

Sie teilte diesen Gedanken mit Jenny und Laura.

Jenny lachte. „Vielleicht hat man deshalb ständig das Gefühl, daß er durch den Stall fliegt und siebzehn Arbeiten auf einmal erledigt!“

„Da haben wir es besser“, stellte Laura fest. „Wir müssen nur zwei auf einmal erledigen.“

„Welche denn?“ fragte Julia.

„Als erstes müssen wir uns die goldene Siegerschleife holen, und dann müssen wir die verschwundenen Pferde finden – es sind übrigens tatsächlich drei!"

Jennys Augen funkelten unternehmungslustig. „Die Jagd beginnt also!" verkündete sie. „Ich finde, wir sollten ein Sattelclubtreffen abhalten."

„Auf jeden Fall", stimmte Laura zu. „Laßt uns die Pferde fertigputzen, und dann treffen wir uns auf dem Heuboden, damit ich euch erzählen kann, was ich heute morgen herausgefunden habe. Irgend etwas sagt mir, daß wir hier nicht darüber reden sollten."

„Ich verstehe", sagte Jenny im besten Verschwörerton. „Die Boxen haben Ohren!"

Wenige Stunden später war Julia bereit für ihren Start zum Geländeritt. Zumindest hoffte sie das. Sie hatte die erste Hälfte des Vormittags damit verbracht, Pepper zu putzen, und die zweite damit, von Lauras Abenteuern zu hören. Und jetzt, da sie sich eigentlich voll auf den Geländeritt konzentrieren sollte, gingen ihr alle möglichen Gedanken im Kopf herum.

Der Geländeritt führte über vier Kilometer Feld- und Waldwege, bergauf und bergab und über Hindernisse. Die Aufgabe bestand darin, die Strecke in einer bestimmten Zeit zurückzulegen und die Hindernisse zu überwinden. Es war kein Wettrennen; für zu schnelles Reiten gab es sogar Strafpunkte. Die Reiter sollten ein gleichmäßiges Tempo einhalten. Max hatte am Vortag jedem Teilnehmer eine Streckenkarte gegeben, und jeder, der wollte, hatte die Strecke besichtigen dürfen. Die Sattelclubmitglieder waren jedoch so damit beschäftigt gewesen, sich um Garnet zu sorgen, daß sie die Strecke nur einmal hatten abgehen können.

Julia fürchtete, daß die Tatsache, daß sie die Strecke nur einmal besichtigt hatten, ihre Chancen schmälern könnte, doch ein Blick auf die Karte sagte ihr, daß dies voraussichtlich nicht der Fall sein würde. Sie, Laura und Jenny waren schon unzählige Male auf den Wiesen und in dem angrenzenden Wald ausgeritten.

„Kann mich jeder hören?" fragte Max. An der Geländeprüfung für die Junioren nahmen fünfzehn Reiter teil. „Ich werde jetzt ein letztesmal die Regeln erklären und dann die Startfolge auslosen."

Julia wußte, daß die Startposition in einer Prüfung wie dieser sehr wichtig sein konnte. Manchmal machte es einen großen Unterschied, ob man in der Mitte startete, als erster oder als letzter. Sie hatte jedoch keine Ahnung, welches die beste Position für sie selbst war. Ihr blieb jedoch keine Zeit mehr, darüber nachzudenken, denn Max hatte viel zu sagen.

„Die Strecke führt über vier Kilometer und ist mit roten Stäben markiert. Es sollte euch nicht schwerfallen, der Markierung zu folgen. Es sind zehn Hindernisse zu überwinden. Dazu gehören zwei Sprünge über den Bach, ein niedriger Sprung über eine Steinmauer, je einmal steil bergauf und bergab. Zusätzlich zu diesen natürlichen Hindernissen erwarten euch noch fünf künstliche. Vier von ihnen stehen auf der Wiese und eines im Wald. Red und ich haben die Strecke mehrmals abgeritten. Sie ist ungefährlich, und unserer Meinung nach macht sie auch viel Spaß. Sie ist nicht lang. Ihr solltet im ruhigen Galopp etwa fünfzehn Minuten brauchen. Genaugenommen dürft ihr eine Zeit von siebzehn Minuten nicht über- und eine Zeit von dreizehn Minuten nicht unterschreiten. Dies sind die Höchst- und die Mindestzeit. Wer schneller oder langsamer reitet, bekommt Strafpunkte. Strafpunkte gibt es auch für eine Verweigerung oder einen Sturz. Wer die Strecke ohne Fehler innerhalb des Zeitlimits zurücklegt, bekommt keine Strafpunkte. Noch Fragen?"

Alle schüttelten den Kopf und sahen einander an. Julia hatte das Gefühl, daß sie alle überlegten, ob wohl überhaupt jemand fehlerfrei bleiben würde. Schließlich sahen alle wie auf Kommando Laura an.

Max holte eine Schale hervor, in der kleine Zettel mit den Namen aller Teilnehmer lagen. Er begann zu ziehen und erklärte dabei, daß sich immer zwei bis drei Reiter gleichzeitig auf der Strecke befinden würden, da im Abstand von vier Minuten gestartet würde.

Max faltete den ersten Zettel auseinander und verkündete: „Julia Atwood."

Julia fühlte, wie sie nervös wurde. Es begann in ihrem

Magen und breitete sich dann rasch aus bis zu ihren Knien.

„Du Arme. Ich fände es schrecklich, als erste reiten zu müssen", sagte das Mädchen neben ihr.

Jenny, die auf der anderen Seite neben ihr stand, drückte ihren Arm. „Hast du ein Glück!" sagte sie. „Du darfst als erste starten, und wir anderen müssen alle versuchen, an deine Leistung heranzukommen."

Julia, die stets dazu neigte, in allem das Gute zu sehen, beschloß, sich Jennys Ansicht anzuschließen. Sie lächelte zuversichtlich, und schon beruhigte sich ihr Magen, und ihre Knie fühlten sich wieder stabil an.

Fünfzehn Minuten später befand sie sich in der Startzone.

„Vergiß nicht", sagte Laura beruhigend zu ihr, „du kannst nur gewinnen, wenn du ruhig und langsam reitest."

„Viel Glück!" sagte Jenny.

„Auf die Plätze", sagte Mrs. Reg, die Mutter von Max. Sie war in dieser Prüfung die Starterin. Sie überprüfte ihre Stoppuhr. „Fertig." Sie zog ein Taschentuch hervor und hielt es in die Luft. „Los!" Das Taschentuch sauste nach unten, und Julia war unterwegs.

Die Strecke begann auf der Wiese hinter dem Stall. Julia kannte das Gelände genau. Sie betrachtete den vor ihr liegenden Weg. Er war absolut eben, und so beschloß sie, ihn dazu zu nutzen, das Tempo zu bestimmen, das sie während des ganzen Rittes beibehalten würde. Pepper galoppierte zwar, wie sie es wollte, doch sie fand, daß sich sein Galopp etwas schwerfällig anfühlte. Als er dann plötzlich in den Trab zurückfiel, war sie sich sicher. Sie ließ ihn erneut angaloppieren und behielt diesmal das linke Bein dicht an seinem Bauch.

Es funktionierte. Wenn Pepper ordentlich galoppierte, fühlte sich diese Gangart weich und schwungvoll an, und es war Julias Aufgabe, ihn so zu reiten, daß sie sich so anfühlte. Jetzt hatte sie es geschafft und war zufrieden mit sich.

Vor ihr lag das erste Hindernis. Es war etwa vierzig Zentimeter hoch und ebenso breit. Julia bereitete sich auf den Absprung vor. Sie verlagerte ihr Gewicht ein wenig nach vorn, verkürzte die Zügel und ließ ihn abspringen. Pepper sprang wundervoll, und Julia richtete ihren Oberkörper wieder auf.

„Das war eine Zehn!" sagte sie stolz zu sich selbst, obwohl der Springstil in dieser Prüfung nicht bewertet wurde. Es ging nur darum, irgendwie über die Hindernisse zu kommen und nicht herunterzufallen. Auch das hatte sie geschafft.

Das nächste Hindernis war höher, aber nicht so breit wie das erste. Es war zwar viel niedriger als andere, die sie beim Üben überwunden hatte, aber doch höher als das vorherige. Diese Tatsache ließ das Hindernis vor ihren Augen ins Unermeßliche wachsen. Einer Faustregel zufolge soll ein Pferd vor einem Hindernis ungefähr an dem Punkt abspringen, der davon so weit entfernt ist, wie das Hindernis hoch ist. Dieses Hindernis war fast neunzig Zentimeter hoch, was bedeutete, daß Pepper neunzig Zentimeter davor abspringen mußte. Doch Julia erschien das Hindernis erschien so hoch, daß sie sich zu früh auf den Absprung vorbereitete. Pepper, ein sehr gehorsames Pferd, tat, was sie verlangte, und sprang fast einen Meter zu früh ab. Glücklicherweise war er aber auch ein guter Springer und schaffte es, wenn auch nur knapp. Julia lauschte auf das Aufschlagen eines Hufs auf die Stange und seufzte erleichtert, als es nicht ertönte.

„Höchstens eine Drei!" sagte sie laut und bewertete damit ihren Fehler. In gewisser Weise hatte sie jedoch das Gefühl, daß dieser Fehler ihr geholfen hatte. Er erinnerte sie daran, daß ihr Fehler passieren konnten – sogar schwere Fehler – und daß sie aufpassen mußte. Diesmal hatte sie Glück gehabt; ein zweites Mal würde es vielleicht nicht so gut ausgehen.

Nach dem zweiten Sprung führte die Strecke hügelaufwärts in den Wald. Und dort, kurz vor dem Waldrand, stand das dritte Hindernis. Es war eine steile, etwa neunzig Zentimeter hohe Böschung. Die Pferde konnten nicht hinaufspringen, sie mußten klettern.

Pepper fiel in den Schritt und begann ohne Zögern den Aufstieg. Julia ließ ihn die Arbeit machen. Das einzige, was sie dabei zu tun hatte, war im Sattel zu bleiben und ihm die Arbeit zu erleichtern. Dazu lehnte sie sich weit nach vorn.

„Zehn", sagte sie, als sie oben waren, doch sie wußte, daß diesmal nicht sie die Punkte verdient hatte, sondern Pepper.

Auch den Reitweg durch den Wald und zum Bach kannte sie gut. Hier war sie mit Jenny und Laura schon oft geritten. Im Sommer ritten die drei gern zum Bach, zogen die Stiefel aus und ließen die Füße ins kühle Wasser baumeln. Heute war ein heißer Sommertag, doch diesmal war an eine solche Pause nicht zu denken. Pepper blickte sehnsüchtig auf das kühle Wasser.

„Später", sagte Julia. „Geh jetzt brav weiter, und du bekommst einen ganzen Eimer Wasser, wenn wir zurück sind. Das verspreche ich dir." Pepper zögerte nicht. Er galoppierte durch den flachen Wasserlauf und folgte dann wieder dem Reitweg.

Vor ihnen lag nun eine lange Gerade, und Julia wußte, daß das nächste Hindernis bald kommen mußte. Max hatte die Sprünge zwar nicht in seiner Karte markiert, doch ihre Logik sagte ihr, daß auf diesem Weg das erste Hindernis im Wald stehen würde. Aus diesem Grund parierte Julia Pepper am Ende der Geraden zum Trab durch und ließ ihn in der Kurve neu angaloppieren. Es funktionierte perfekt. Genau an der Stelle, an der sie es erwartet hatte, stand ein etwa achtzig Zentimeter hohes Hindernis. Julia und Pepper überwanden es fehlerfrei.

„Zehn“, sagte Julia zu ihrem Pferd, und diesmal hatte sie selbst etwas dazu beigetragen.

Der Reitweg führte einmal um den Hügel herum und dann wieder hinunter zum Bach. Julia ließ Pepper im Schritt hindurchwaten und galoppierte dann wieder an. Sie freute sich so an seinem schönen, bequemen Schaukelgalopp, daß sie kaum merkte, daß sie die Wiesen fast erreicht hatte. Plötzlich bremste Pepper scharf ab. Er hatte etwas entdeckt, was Julia übersehen hatte. Sie befanden sich an einer weiteren steilen Böschung, und wenn Pepper sie im Galopp genommen hätte, hätte er gefährlich stürzen können. Julia allerdings war auf das plötzliche Abbremsen nicht vorbereitet gewesen, und nun war sie es, die Gefahr lief, zu stürzen.

Es fiel ihr nicht leicht, das Gleichgewicht wiederzufinden, zumal Pepper mittlerweile angefangen hatte, bergab zu gehen. Julia war nach vorn gerutscht und hing jetzt an der rechten Seite ihres Pferdes. Sie krallte sich mit den Knien an den Sattel, befürchtete aber, daß alles zu spät war. Sie versuchte, die Zügel kürzer zu fassen, doch es ging nicht, weil Pepper seinen weit vorgestreckten Hals als Balancierstange benutzte und seine Bewegungsfreiheit brauchte. Julia spürte, wie sie abrutschte. Sie mußte etwas tun. Sie packte das erste, was ihr in die Hände kam: Peppers Mähne. In diesem

Augenblick verlor sie vollends den Halt und fühlte, wie ihr linkes Bein über den Sattel rutschte. Jetzt würde sie fallen!

Doch so plötzlich, wie das Ganze gekommen war, so plötzlich war es auch wieder vorbei. Pepper hatte den Abstieg hinter sich gebracht, stand wieder auf ebenem Boden und schien nur auf Julia zu warten. Julia setzte den rechten Fuß in den Steigbügel und zog sich mit Hilfe von Peppers Mähne wieder in den Sattel. Sie nahm den linken Steigbügel auf, setzte sich zurecht und trieb Pepper an, und es war, als wäre nie etwas passiert.

„Gut gehalten", sagte eine Stimme hinter ihr. Julia sah über ihre Schulter. Es war Red O'Malley.

„Oh, danke", sagte sie.

„Du bist jetzt zehn Minuten unterwegs, und dir bleiben noch drei bis sieben Minuten, die Strecke zu beenden", sagte er. „Du liegst also gut in der Zeit und wirst es ohne Mühe schaffen. Bis nachher."

Mit diesen Worten verschwand er hinter einem Busch. Da fiel Julia wieder ein, daß an jedem Hindernis Richter standen, die aufpaßten, ob Pferde und Reiter heil über die Strecke kamen. Max zog es vor, die Richter so zu postieren, daß sie nicht zu sehen waren. Sie hatten sich zwar nicht gerade versteckt, aber sie waren auf den ersten Blick nicht zu entdecken. Julia war so damit beschäftigt gewesen, sich und Pepper Punkte zu geben, daß sie die Richter ganz vergessen hatte, bis Red sie angesprochen hatte. Einen Moment lang war es ihr peinlich, doch dann zuckte sie mit den Schultern. Wen störte es schon? Sie und Pepper hatten alle bisherigen Hindernisse sicher überwunden. Das war es, was zählte.

Julia ließ Pepper wieder angaloppieren. Er galoppierte ruhig und langsam, genau richtig, um die beiden nächsten Hindernisse zu überwinden. Fünf Minuten nachdem sie Red getroffen hatte, galoppierte sie über die Ziellinie.

„Los!" sagte Mrs. Reg gerade zu Anna Winter, die daraufhin mit ihrem Pony über die Startlinie schoß und den Weg einschlug, den Julia gerade hinter sich gebracht hatte.

„Wie war's?" fragte Jenny aufgeregt. „Ist alles gutgegangen?"

„Klar", sagte Julia grinsend. „Es war genau, wie du gesagt hast. Jetzt müßt ihr euch bemühen, an meine Leistung heranzukommen."

„Wie viele Fehler?" fragte Jenny mißtrauisch.

„Keinen", sagte Julia stolz. Sie wollte ihren Freundinnen erst nachher von ihrem Beinahe-Sturz erzählen.

„Ich wußte, daß du es schaffst!" jubelte Laura, beugte sich von Silberstern herüber und umarmte Julia. „Dies ist deine Prüfung!"

„Ach, ihr beide werdet es genauso gut machen", sagte Julia. „Ich wünschte nur, ich könnte irgendwo auf der Strecke sein und euch zusehen."

„Nein, es gibt etwas Wichtigeres, das du tun mußt", sagte Jenny.

„So? Was denn?" Julia war sofort mißtrauisch, denn Jennys Gesichtsausdruck sagte ihr, daß es etwas Unangenehmes sein mußte. Doch dann fiel ihr wieder ein, daß ja tatsächlich etwas Unangenehmes passiert war – die Entführung.

„Jenny, du bist die nächste!" sagte Max streng.

„Wünscht mir Glück!" sagte Jenny und winkte Julia und Laura noch einmal zu.

„Wir drücken dir die Daumen!" versicherte Laura ihr.

Laura sah zu, wie Julia ihr Pferd in der Nähe der Startzone im Schritt bewegte, während sie auf Jennys Start wartete. Julia nutzte die Zeit, um den beiden soviel wie möglich über die Strecke und die Hindernisse zu erzählen. Sie warnte sie vor allem vor der abfallenden Böschung direkt hinter dem Wald. Dann feuerten Julia und Laura Jenny an, bis sich Mrs. Regs Taschentuch senkte und Jenny auf das erste Hindernis zugaloppierte. Das letzte, was Julia und Laura von ihr sahen, bevor sie um die Kurve verschwand, war, daß sie das erste Hindernis zu weit rechts ansteuerte.

„O nein", sagte Julia.

„Keine Sorge", beruhigte Laura sie. „Jenny passiert schon nichts. Sie denkt doch immer an alles. Und jetzt hör dir an, was sie sich für dich ausgedacht hat..."

# 6

Laura hatte Probleme. Sie konnte sich natürlich sagen, daß dies Silbersterns erstes Turnier war und daß er beim nächstenmal sicher besser sein würde. So etwas sagte sich leicht, aber ein großer Trost war es nicht. Silberstern machte seine Sache nicht besonders gut, und Laura war überzeugt, daß es an ihr lag.

Er hatte ein Hindernis verweigert, weil er kurz vor dem Absprung vor einem Schmetterling gescheut hatte. Danach hatte er darauf bestanden, im Bach stehenzubleiben und zu trinken.

Beide Male war Laura das Stirnrunzeln der Richter nicht verborgen geblieben. Das hatte ihr noch gefehlt! Im Bach stehenzubleiben galt ebenfalls als Verweigerung. Und nun, auf halber Strecke, wurde Silberstern plötzlich immer schneller. Laura würde ihn zum Schritt durchparieren müssen, um die Mindestzeit nicht zu unterschreiten, denn das wurde ebenfalls mit Strafpunkten geahndet.

„Schon gut, mein Junge, ich weiß, daß du dein Bestes gibst. Gestern warst du sehr gut. Ich glaube fast, dir gefallen Prüfungen besser, bei denen möglichst viele Zuschauer dabei sind, stimmt's?"

Wie als Antwort darauf galoppierte Silberstern gelassen auf das nächste Hindernis zu und überwand es in einwandfreier Manier.

„Ach ja", sagte Laura. „Du weißt wohl, daß wir morgen noch eine Springprüfung vor uns haben? Willst du sie gewinnen? Dann gib dir jetzt Mühe und galoppiere langsam und ruhig bis ins Ziel."

Silberstern reagierte auf ihre Stimme. Max predigte seinen Reitern zwar immer, daß Pferde nicht verstünden, was man ihnen sagte, doch Laura war sicher, daß sie einiges eben doch verstanden und daß sie bei anderem zumindest den Tonfall richtig interpretierten. Laura vermutete, daß Silberstern von seiner Leistung genauso enttäuscht war wie sie selbst. Er schien beruhigt, daß sie nicht böse auf ihn war.

Sie sah auf ihre Uhr und hielt den Atem an. Ihrer Uhr zufolge war sie jetzt zwölf Minuten und dreißig Sekunden unterwegs. Würde Silberstern es schaffen, das kurze Stück Wiesenweg, das sie noch vom Ziel trennte, in mehr als dreißig Sekunden zurückzulegen, ohne dabei in den Trab zu fallen? Sie hielt immer noch den Atem an.

„Dreizehn Minuten, fünfzehn Sekunden", sagte Max, als sie die Ziellinie überquerte.

Laura atmete auf. Sie hatte zwar ein paar Strafpunkte

für die Verweigerungen kassiert, aber zumindest war sie innerhalb der erlaubten Zeit ins Ziel gekommen.

Laura saß ab und führte Silberstern auf den Reitplatz, um ihn dort trockenzuführen. Auf diese Idee waren auch schon einige andere Teilnehmer gekommen. Laura erwartete, auch Jenny unter ihnen zu finden, doch sie war nicht dabei.

Auf ihrer zweiten Runde entdeckte sie ihre Freundinnen am Zaun.

Anfangs dachte sie, die beiden winkten ihr zu, doch dann fiel ihr auf, daß sie sie zu sich winkten. Sie wollten anscheinend mit ihr sprechen. Vielleicht hatten sie schon von ihrem mißglückten Geländeritt gehört und wollten sie nun trösten, aber es ging ihr gut, wirklich. Sie winkte zurück.

Das Winken hörte nicht auf. Laura wendete Silberstern und führte ihn zum Zaun.

„Es ist Veronica!" zischte Jenny.

„Ja, sie ist nicht da!" fügte Julia hinzu.

Das ergab keinen Sinn für Laura. Kurz vor ihrem Start hatte sie Julia gebeten, Veronica unter irgendeinem Vorwand anzurufen. Die Mädchen wollten auf diese Weise herausfinden, ob sich die Entführer schon bei den diAngelos gemeldet hatten.

Wenn das der Fall war, hatten sie sicher auch die anderen Pferdebesitzer angerufen, und dann gab es nichts mehr, das der Sattelclub zur Rettung der Pferde unternehmen konnte. Dann läge alles in den Händen der Besitzer und vielleicht auch der Polizei.

„Wovon redet ihr eigentlich?" fragte Laura.

„Ich habe Veronica angerufen, wie du gesagt hast", berichtete Julia. „Aber sie war nicht da."

„Na und?"

Laura sah darin nichts, worüber man sich Sorgen machen mußte, doch als Julia fortfuhr, wurde ihr klar, worauf sie hinauswollte. „Ich habe mit der Haushälterin gesprochen. Mr. und Mrs. diAngelo sind heute nicht in der Stadt, und die Haushälterin sollte auf Veronica achten. Sie war vollkommen in Panik, als ich nach Veronica fragte, und hat alles mögliche geschnattert, aber worauf es hinauslief, ist, daß Veronica verschwunden ist! Die Haushälterin hat gesagt, sie hätte sie seit dem Frühstück nicht mehr gesehen, und macht sich jetzt natürlich schreckliche Sorgen um sie."

„Ja", fügte Jenny hinzu. „Was ist, wenn diese Verbrecher nicht nur Pferde entführen? Vielleicht haben sie inzwischen gemerkt, daß sie das Pferd der stinkreichen diAngelos haben und sind jetzt so gierig geworden, so daß sie sich auch ihre Tochter gekrallt haben?"

„Veronica? Entführt?" sagte Laura fassungslos.

„Wartet mal", sagte Julia. „Die Haushälterin hat nichts von einer Lösegeldforderung gesagt. Wir wissen also nicht, ob sie entführt worden ist."

„Aber wir wissen auch nicht, daß sie nicht entführt wurde!" warf Jenny ein.

„Dürfen wir dieses Risiko eingehen?" fragte Laura. „Ich meine, wenn ihre Eltern beide weggefahren sind, wer soll ihr denn dann helfen?"

„Ich denke, wir sollten ein Sattelclubtreffen abhalten, aber lieber nicht hier", sagte Jenny und sah sich verstohlen um. „Die Reitbahn hat Ohren!"

Laura beschloß, daß Silberstern nun trocken genug war. Sie brachte ihn in seine Box, band ihn fest, lockerte den Sattelgurt, und die drei Mädchen stiegen auf den Heuboden. Dort oben war es ruhig, und sie konnten sich unterhalten, ohne daß jemand mithörte. Jenny schleppte einige Heuballen herbei, so daß sie in einem kleinen Kreis sitzen konnten.

„Kommt näher", sagte sie. „Wir müssen uns überlegen, was wir tun sollen."

„Das ist doch keine Frage", sagte Julia. „Wir müssen herausfinden, ob Veronica wirklich entführt wurde."

„Dafür haben wir keine Zeit", widersprach Jenny. „Wir müssen davon ausgehen, daß sie entführt wurde, und sie retten, denn sonst könnte es zu spät sein."

„Schön und gut", stimmte Laura zu. „Aber wie stellst du dir das vor? Wir wissen doch nicht einmal, wo wir sie suchen sollen."

„Darüber habe ich schon nachgedacht", sagte Jenny. „Ich glaube, die Pferde und Veronica sind hier irgendwo in der Nähe. Ich war mir nicht so sicher, bis Veronica verschwunden ist. Die Entführer konnten sich Veronica nur schnappen, wenn sie irgendwo in dieser Gegend sind. Andernfalls hätten sie es nicht gewagt, noch einmal herzukommen. Sie sind also hier, und was bedeutet das?"

„Willow Creek ist eine ziemlich kleine Stadt", bemerkte Julia.

„Ja, und das bedeutet, daß sie in keinem der Häuser oder Bauernhöfe sein können, weil hier jeder jeden kennt und etwas merken würde."

„Das heißt, daß sie sich im Wald verstecken", sagte Laura.

„Genau!" rief Jenny. „Und dort werden wir sie aufspüren!"

„Wie denn?" fragte Julia.

„Mit den Pferden natürlich", sagte Laura.

„Natürlich", stimmte Jenny ihr zu, und ihre Augen funkelten vor Aufregung.

„Natürlich", sagte auch Julia.

# 7

Die Mädchen sattelten eilig ihre Pferde für einen Ritt in die Wälder. Das Problem war nur, daß es in der Umgebung von Willow Creek viele Wälder gab, sogar einen Staatsforst, durchzogen von unzähligen Wegen, die zu abgelegenen Orten führten.

„Wo sollen wir denn anfangen?“ fragte Julia.

„Ich weiß ja nicht, ob ich recht habe, aber ich habe eine Idee“, begann Laura. „Wenn ich Pferde verstecken wollte und Zugang zu einer Straße sowie wichtige Dinge wie frisches Wasser brauchte, würde ich sie in den Steinbruch bringen.“

„He“, sagte Jenny beeindruckt. „Das klingt vernünftig. Zumal es in den Wäldern rund um den Reitstall zur Zeit von Geländereitern nur so wimmelt. Halbwegs intelligente Entführer würden die Pferde sicher nicht gerade da verstecken, wo vierzig bis fünfzig Reiter vorbeikommen! Los, kommt, das müssen wir überprüfen!“

Der Steinbruch lag jenseits der Straße, die am Reitstall vorbeiführte. Auf ihren Ausritten blieben die Mädchen gewöhnlich auf der Seite von Pine Hollow, der

Seite, die Max auch für den Geländeritt gewählt hatte, doch Jenny hatte schon ihr ganzes Leben in Willow Creek verbracht und kannte sich in den Wäldern gut aus.

„Folgt mir", sagte sie, und die beiden anderen vertrauten sich ihrer Führung an.

Sie ritten etwa hundert Meter die Straße entlang und bogen dann nach links in eine Feuerschneise ein. Sie war so breit, daß sie bequem nebeneinander reiten konnten.

„Wißt ihr was?" bemerkte Jenny. „Irgendwie tut Veronica mir leid."

„Das geht mir oft so", sagte Julia. „Ich denke, daß jemand, der sich so aufführt wie sie, im Grunde sehr unglücklich sein muß."

Laura sah Julia an. „So habe ich es nie gesehen", stellte sie fest. „Mir haben immer nur ihre Pferde leid getan, aber ich denke, wir sollten tatsächlich auch mit ihr Mitleid haben."

„Das meinte ich gar nicht", unterbrach Jenny. „Sie tut mir nicht leid, weil sie sich unmöglich aufführt. Sie kann sich ja bessern, und sie hat alles auf der Welt, was man zum Glücklichsein braucht; das bedeutet, sie hat keinen Grund, so zickig oder unglücklich zu sein. Ich meinte eigentlich, daß sie mir leid tut, weil es bestimmt nicht gerade lustig ist, entführt zu werden. Wer weiß, wie sie behandelt wird."

„Glaubst du, die Entführer haben sie gefesselt?" fragte Julia.

„Keine Ahnung, aber wenn sie auch nur halbwegs bei Verstand sind, werden sie sie zumindest geknebelt haben", sagte Jenny und zeigte damit viel weniger Mitleid als nur wenige Minuten zuvor.

„Wenn ich an Veronicas Stelle wäre, hätte ich am meisten Angst, daß sie meinem Pferd etwas antun könnten", sagte Laura. Bei diesem Gedanken mußte sie sich erst einmal nach vorn beugen und Silberstern den Hals klopfen.

„Hast du schon vergessen", fragte Jenny, „daß du von dem Mädchen sprichst, das sein Pferd zu Hundefutter verarbeiten lassen wollte?"

„Das hat sie bestimmt nicht ernst gemeint. Das bringt doch niemand fertig", bemerkte Laura.

„Also, in Veronicas Fall ... he, seht euch das an!" sagte Jenny und deutete auf den Boden. Sie ließ Topside anhalten. Julia und Laura blieben ebenfalls stehen, doch sie konnten nichts entdecken. Jenny saß ab und ging langsam und gebückt vorwärts. Topside folgte ihr am Zügel. Wenn sie versuchte, auszusehen wie ein Fährtensucher der Irokesen, machte sie ihre Sache richtig gut, fand Laura. Neugierig stiegen Julia und sie ebenfalls ab.

„Was ist denn?" fragte Laura.

Daraufhin tat Jenny etwas, das auch nur sie sich erlauben konnte. Sie suchte in ihrer Tasche herum und zog ein Vergrößerungsglas hervor. „Ich sagte doch, daß wir es brauchen würden, oder etwa nicht?"

Julia unterdrückte ein Kichern. „Also gut, Sherlock, was hast du gefunden?"

Jenny hielt das Glas dicht über den Boden. „Aha, genau wie ich es mir dachte!" sagte sie.

„Wenn du nicht sofort deutlicher wirst, werde ich mich übergeben!" drohte Julia. „Sag uns doch einfach, was du entdeckt hast!"

Jenny richtete sich auf. „Also", begann sie. „Vorletzte Nacht, vor Beginn des Turniers, hat es geregnet. Erinnert ihr euch noch, wie aufgeweicht und schlammig der Boden am ersten Turniertag war?" Laura und Julia nickten. „Irgendwann nach dem Regen, und bevor der Boden wieder hart wurde, ist etwas Schweres durch diese Feuerschneise gefahren."

„He, es ist eine Reifenspur!" rief Laura, die endlich gesehen hatte, was Jenny gleich bemerkt hatte.

Jetzt sah auch Julia die Abdrücke. „Tatsache!" sagte sie. „Aber woher wissen wir, daß es unsere Entführer waren?"

„Das wissen wir nicht", gab Jenny zu. „Wir wissen nur, daß hier gestern jemand gefahren ist, und es ist möglich, daß es sich bei dem Fahrzeug um einen Pferdetransporter gehandelt hat."

„Also ist es auch möglich, daß wir auf der richtigen Spur sind", schloß Laura.

„Wir sollten lieber vorsichtig sein", mahnte Julia, und die Freundinnen stimmten ihr zu. Die drei saßen wieder auf und ritten weiter.

Es war einfach, den Reifenspuren zu folgen. Als sich der Weg gabelte, bogen die Spuren eindeutig nach links ab. Das wunderte die Mädchen überhaupt nicht. Auf diesem Weg kam man zum Steinbruch, doch als sie den Bach erreichten, erwartete sie eine Überraschung.

„Sie enden hier!" stellte Jenny fest. „Auf der anderen Seite des Baches sind keine Reifenspuren mehr!"

Diesmal saß Laura ab und suchte den Boden ab. Sie kam sich dabei allerdings ein wenig albern vor, denn schließlich war sie nicht der Fährtensucher irgendwelcher Pioniere. Aus diesem Grund lehnte sie auch das von Jenny großzügig angebotene Vergrößerungsglas dankend ab.

„Hier ist überhaupt nichts mehr", sagte sie schließlich. „Abgesehen von dem Müll irgendwelcher Ausflügler." Sie hob ein Kaugummipapier auf und steckte es in die Tasche. „Ich hasse es, wenn Leute ihren Müll einfach in die Natur schmeißen!"

„Ich hasse es viel mehr, wenn eine Spur plötzlich endet", sagte Jenny.

Julia kratzte sich den Kopf.

„Hört mal", sagte sie. „Vielleicht liegen wir ganz falsch damit, daß die Spuren von einem Pferdetransporter stammen. Vielleicht haben diese Spuren hier gar nichts mit der Entführung zu tun. Das bedeutet aber nicht, daß Laura mit ihrer ersten Vermutung nicht recht haben könnte, daß die Pferde wirklich im Steinbruch sind. Ich finde, wir sollten auf jeden Fall dort nachsehen, meint ihr nicht?"

„Doch, natürlich", sagte Jenny begeistert. „Und daß die Spuren hier enden, ist vielleicht nur der Versuch, uns irrezuführen!"

Laura hielt das für unwahrscheinlich und sagte es Jenny.

„Du hast keine Ahnung, was Kriminelle alles tun, um große Detektive irrezuführen", widersprach Jenny.

Laura vermutete, daß Jenny über Kriminelle und große Detektive auch nicht gerade viel wußte. Diesen Gedanken behielt sie allerdings lieber für sich.

Die Mädchen saßen wieder auf, und Jenny führte sie auf den schmalen Pfad zum Steinbruch.

Etwa hundert Meter vor dem Steinbruch saßen die drei wieder ab, banden ihre Pferde an einen Baum und schlichen so lautlos wie möglich auf den Steinbruch zu. Schließlich sollten die Entführer ja nicht merken, daß sie kamen.

„Wie weit ist es noch?" flüsterte Julia.

„Pssst!" zischte Laura.

„Autsch!" grunzte Jenny, die über eine Baumwurzel gefallen war.

„Pssst!" zischten Laura und Julia gemeinsam.

„Aber es tut weh!" verkündete Jenny laut und rieb sich das Knie.

„Es wird noch viel mehr weh tun, wenn sie uns erwischen", warnte Julia sie.

„Da ist doch überhaupt niemand", sagte Jenny.

„Woher weißt du das?" wollte Laura wissen.

„Weil wir genug Lärm gemacht haben, daß auch der dämlichste Entführer inzwischen gewarnt und schnellstens geflohen wäre."

Laura und Julia erhoben sich und betraten den Steinbruch. Jenny hatte recht gehabt. Es war kein Lebenszeichen zu sehen, und vor allem keine Spur von den Entführern.

„Nicht einmal ein Heuballen", stöhnte Laura enttäuscht.

„Aber es war trotzdem eine gute Idee", versuchte Julia sie zu trösten.

„Nein, das war es nicht", widersprach Jenny sachlich. „Es war ein netter Versuch, aber eine gute Idee war es nicht, denn sie hat sich als falsch erwiesen."

„Du bist ja nur so zickig, weil dein Knie weh tut", sagte Julia.

„Nein, ich bin zickig, weil wir umsonst hergekommen sind", fauchte Jenny, doch sofort tat es ihr leid. „Entschuldige, Laura. Es war eine gute Idee."

„Leider nicht gut genug", sagte Laura, und die anderen mußten ihr recht geben.

Enttäuscht gingen die drei wieder zu ihren Pferden und machten sich auf den Heimritt.

„Ich habe eine Idee", sagte Julia. „Wenn wir unsere Pferde versorgt haben, sollten wir in die Eisdiele gehen und ein Sattelclubtreffen abhalten. Die Eisdiele ist immer noch der beste Platz für ein ernsthaftes Gespräch über Pferde. Vielleicht kann ein leckerer Eisbecher unsere grauen Zellen so weit ankurbeln, daß wir herausfinden, was die Entführer mit den Pferden gemacht haben."

„Vielleicht kurbelt er unsere grauen Zellen auch so weit an, daß wir herausfinden, wie wir einem ganzen Haufen Erwachsener sagen sollen, wie lange wir schon von der Entführung wissen und warum wir niemandem etwas davon gesagt haben", fügte Jenny unglücklich hinzu.

„Glaubt ihr, daß wir bei einem Eisbecher auch die Antwort auf die Frage finden werden, was wir sagen sollen, wenn jemand uns fragt, seit wann wir wissen, daß Veronica ebenfalls entführt wurde?"

„Das könnte allerdings ein Problem werden", gab Julia zu.

„Vor allem, wenn ihr etwas passiert", sagte Jenny.

„Das ist ein schrecklicher Gedanke", sagte Laura. „Ich meine, wir waren zwar alle mehr als einmal nahe dran, Veronica etwas Schreckliches zu wünschen, aber da wußten wir..."

„Psst!" sagte Jenny plötzlich und ließ Topside anhalten. Pepper und Silberstern blieben ebenfalls stehen.

„Was ist denn?" fragte Julia.

Jenny schüttelte den Kopf. Sie wußte es nicht genau. „Ich habe etwas gehört", sagte sie. „Es klang wie ein Pferd."

Die Mädchen lauschten schweigend. Laura beobachtete Silbersterns Ohren, denn sie wußte, daß er ein anderes Pferd noch vor ihr hören würde.

„Wer ist da?" rief eine Stimme vom Bach, der noch hinter einer Kurve lag.

„Wer ist da?" rief Jenny zurück.

„Ich!" rief die Stimme zurück.

„Und hier sind wir", antwortete Jenny verschmitzt. Laura fiel das stolze Lächeln auf ihrem Gesicht auf. Jenny liebte solche Spiele. Laura hoffte nur, daß es wirklich ein Spiel war.

„Hier ist Donald!" rief die Stimme. „Seid ihr das? Jenny? Äh... Laura? Und, äh..."

„Julia!" rief sie. Sie mochte es gar nicht, wenn man sie vergaß.

„Ja, genau, Julia." Er kam um die Kurve geritten. „Da seid ihr ja!" sagte er.

„Was tust du denn hier?" fragte Jenny ihn frech.

„Ich suche nach euch. Ist alles in Ordnung?"

„Natürlich", sagte Jenny empört. „Oder glaubst du, wir könnten in diesem Wald in Schwierigkeiten kommen? Ich lebe schon mein ganzes Leben hier und kenne diese Wälder wie meine eigene Westentasche. Ich könnte mich hier gar nicht verirren. Außerdem sind wir nicht einmal weit von Pine Hollow weg und..."

„Schon gut, schon gut", unterbrach Donald sie. „Ich bin ja nur froh, daß mit euch alles in Ordnung ist. Ich habe euch wegreiten sehen, und als ihr nicht gleich wiederkamt, habe ich mir Sorgen gemacht. Und als Max sagte, ich sollte eine Pause machen, habe ich sie genutzt, um euch nachzureiten und nach euch zu sehen. Das stört euch doch hoffentlich nicht?"

Jenny war überrascht, Julia war verwirrt, und Laura war gerührt.

„Das ist wirklich nett von dir, Donald", sagte Laura. „Zumal du wegen des Turniers in den letzten Tagen wirklich genug zu tun hattest. Du hättest uns nicht auch noch folgen müssen. Uns geht es gut. Weißt du, wir haben nach Spuren gesucht, genauer gesagt, nach Fahrspuren."

Jenny traute ihren Ohren nicht. Wenn sie sich nicht sehr irrte, wollte Laura Donald gerade alles erzählen. Das war keine gute Idee. Immerhin war dies ein Sattelclubprojekt, bei dem Pferdepfleger nichts zu suchen hatten. Sie fiel Laura ins Wort, bevor sie etwas verraten konnte.

„Ja, Fahrspuren", sagte sie. „Eigentlich ja eher Schienen, denn Laura hatte die Idee, daß es in diesem alten

Steinbruch noch Schienen geben müßte, auf denen früher das Gestein mit diesen kleinen Wagen abtransportiert wurde. Wir sind bis in den Steinbruch geritten, aber wir haben nichts gefunden. Also, wenn es dort Schienen geben sollte, werden sie wohl für immer geheim bleiben."

Jenny betonte die letzten Worte besonders deutlich, und Laura verstand den Hinweis.

„Ja", sagte sie. „Ein Geheimnis für immer."

„Unheimlich geheim", fügte Julia hinzu.

Donald sah die drei fragend an. „Ich verspreche, euer Geheimnis zu wahren", sagte er. „Aber jetzt solltet ihr lieber nach Pine Hollow zurückreiten."

„Wir waren gerade dabei", erklärte Jenny. „Reitest du jetzt auch zurück?"

Donald nickte. Er drehte sein Pferd um und ritt den Weg hinunter. Die Mädchen folgten ihm hintereinander. Keine von ihnen sprach ein Wort. Sie hatten sich zwar viel zu sagen, aber es würde warten müssen, bis sie in der Eisdiele waren.

# 8

„O nein, nicht du schon wieder!" stöhnte die Kellnerin der Eisdiele, als sie Jenny sah.

Jenny machte ein unschuldiges Gesicht, als könnte sie sich beim besten Willen nicht vorstellen, was die Kellnerin wohl meinen könnte. Julia und Laura kicherten. Sie wußten genau, was die Kellnerin meinte. Jenny stand in dem wohlverdienten Ruf, stets die unmöglichsten Eisbecher zu bestellen. Jenny aber schien ihr Eis immer zu schmecken, wie absonderlich die Zusammenstellung auch sein mochte. Doch ihre Freundinnen waren überzeugt, daß sie das nur machte, damit sie nicht auf die Idee kamen, von ihrem Eis kosten zu wollen.

Die Kellnerin stellte Wassergläser auf den Tisch und sagte den Mädchen, daß sie gleich wiederkommen würde, um ihre Bestellungen aufzunehmen. Laura hatte den Eindruck, als versuchte sie, das Unvermeidliche aufzuschieben.

Die drei saßen in ihrer Lieblingsnische in der hinteren Hälfte des Raumes. Julia und Laura saßen nebeneinander, und Jenny hatte den Stuhl ihnen gegenüber und saß mit dem Gesicht zur Tür.

„War es nicht nett von Donald, uns in den Wald nachzureiten?“ fragte Julia.

Jenny schüttelte den Kopf. „Nein, es hat genervt.“ Plötzlich kamen ihr diese Worte zu hart vor. „Nun ja, irgendwie war es schon nett von ihm, aber ich kann mir nicht vorstellen, warum er es getan hat. Jeder weiß doch, daß wir uns nicht verreiten würden. Wir waren doch schon oft zu dritt ohne Begleitung im Gelände. Außerdem bezweifle ich, daß Max ihm mehr als zehn Minuten Pause bewilligt hat. Aber um uns zu finden und mit uns zurückzureiten, hat er sicher mehr als eine Dreiviertelstunde gebraucht. Ich wette, davon war Max gar nicht begeistert.“

Julia beugte sich vor und stützte die Ellenbogen auf den Tisch. „Das vielleicht nicht, aber ich denke, er ist sehr zufrieden mit all der Arbeit, die Donald in den letzten Tagen geleistet hat. Ich habe noch nie jemanden mit zwei Sätteln auf dem Arm so schnell rennen sehen wie ihn.“

„Schnell ist er wirklich“, stimmte Laura zu. „Aber wißt ihr noch, wie unvorsichtig er mit der Schubkarre um Topside herumgekurvt ist? Manchmal ist er unglaublich. Aber manchmal wirkt er auch nur unglaublich gehetzt. Ich werde nicht klug aus ihm. Du, Jenny?“

„Was?“ Jenny sah verständnislos von der Speisekarte

auf. „Wußtet ihr, daß es ein neues Eis gibt? Weiße Schokolade mit Mandeln."

Laura war ein wenig verärgert, daß Jenny sich mehr für die Karte interessierte als für ihre Gedanken über Donald, doch sie verdrängte ihren Ärger. Sie hatten alle hart gearbeitet und sich das Eis redlich verdient. Und für Jenny war es stets eine schwere Aufgabe, sich ein Eis auszusuchen.

„Wie wollen wir denn nun den Leuten von den Pferden erzählen?" fragte Julia und kam damit zum Thema ihres Treffens.

„Und von Veronica?" fügte Laura hinzu. „Jenny?" sagte sie in der Hoffnung, damit ihre Aufmerksamkeit von der Eiskarte abzulenken, auf der sich, abgesehen von weißer Schokolade mit Mandeln, ohnehin nie viel änderte.

„Also gut", sagte Jenny und legte die Karte hin. „Was wir ihnen erzählen sollen? Mit etwas Glück brauchen wir gar nichts zu erzählen."

„Wie das?" fragte Julia.

„Eines von zwei Dingen wird passieren", sagte Jenny. „Entweder werden sich die Entführer wieder bei den diAngelos und/oder Alicia oder Mr. Feeney melden, einer von ihnen wird das Lösegeld bezahlen, und dann wird der- oder diejenige sein Pferd wiederbekommen oder auch nicht, was aber keine Rolle spielt, denn dann ist die Katze aus dem Sack, weil Alicia und Mr. Feeney ohnehin schon Bescheid wissen. Und das einzige, was für immer ungeklärt bleiben wird, ist die Frage, wo die erste Lösegeldforderung für Garnet wohl geblieben sein mag."

Laura sah Julia an. „Hast du das kapiert?"

Julia nickte. „Ja, aber warte nur ab, es kommt noch mehr."

„Die andere Sache, die passieren könnte, ist, daß wir die drei Pferde und Veronica finden und es schaffen, sie zu befreien, ohne daß jemand merkt, daß wir wußten, daß etwas nicht stimmt."

„Diese Lösung gefällt mir besser", stellte Laura fest. „Wir werden Heldinnen sein." Gedanken an Zeitungsfotos, Auszeichnungen und Belohnungen schossen ihr durch den Kopf. Sie wollte gerade ihren Freundinnen davon erzählen, als ihr Höhenflug jäh unterbrochen wurde.

„Möchtet ihr jetzt bestellen?" fragte die Kellnerin. Die Mädchen nickten.

Julia war die erste. „Ich hätte gern den Schoko-Mint-Becher", sagte sie, und die Kellnerin notierte ihre Bestellung.

„Ich nehme das Eis mit den heißen Himbeeren", sagte Laura. Auch diese Bestellung wurde notiert.

Alle Augen richteten sich auf Jenny, die einen Punkt anstarrte, der hinter den Köpfen von Julia und Laura lag.

„Vanille“, sagte Jenny.

Alle waren überrascht, doch am überraschtesten wirkte Jenny. Die Kellnerin verschwand, bevor Jenny noch etwas sagen konnte.

„Was ist denn mit dir los?“ fragte Julia. Sie hatte noch nie erlebt, daß Jenny einfaches Vanilleeis bestellte.

„Ja, was ist mit dir?“ fragte auch Laura.

„Veronica“, antwortete Jenny tonlos.

„Nur weil Veronica verschwunden ist, änderst du deine Eßgewohnheiten?“ fragte Laura verblüfft.

„Nein, nicht weil sie verschwunden ist“, sagte Jenny und starrte immer noch über die Köpfe der Freundinnen hinweg. „Weil sie gar nicht verschwunden ist.“ Da drehten Julia und Laura sich um und sahen in die Richtung, in die auch Jenny schon die ganze Zeit starrte. Niemand anders als Veronica diAngelo kam gelassen in die Eisdiele geschlendert.

„Keine Fesseln, kein Knebel“, bemerkte Jenny.

„Nicht einmal ein finsterer Kerl, der sie mit einer Waffe bedroht“, stellte Julia fest.

„Keine sichtbaren Verletzungen“, fügte Laura hinzu.

„Sie trägt ihr Haar etwas anders“, sagte Julia. „Normalerweise ist es nicht so nach hinten frisiert.“

„Dafür muß es einen Grund geben“, meinte Laura.

„Aber es hat wahrscheinlich nichts mit einer Entführung zu tun“, gab Jenny zu bedenken.

Veronica war mittlerweile lässig bis an den Tisch des

Sattelclubs geschlendert. „Ach, hallo“, grüßte sie die drei zuckersüß. „Seid ihr für heute fertig mit dem Angeben?“ Sie funkelte Jenny an, denn sie hatte die Vorhandwendung, die Jenny am Tag zuvor in der Dressurprüfung geritten hatte, noch nicht vergessen.

„Aber ja“, antwortete Jenny ebenso süß und auch etwas unsicher. „Und bist du mit deinen Wutausbrüchen ebenfalls für heute fertig – oder hast du nur zur Zeit keinen, weil Mami und Papi ja nicht in der Stadt sind und dich deshalb sowieso nicht hören können?“

Ein Ausdruck der Verwunderung huschte über Veronicas Gesicht. „Woher wißt ihr das?“ fragte sie.

Laura war klar, daß dies eine schwierige Frage war. Sie durften nicht sagen, daß sie bei Veronica angerufen hatten, denn dafür gab es nicht den geringsten Grund, und deshalb würde Veronica sofort Verdacht schöpfen. Laura fürchtete, daß Jenny sie alle in Schwierigkeiten bringen konnte. Doch Jenny hatte wie immer eine passende Antwort.

„Wir wissen alles“, sagte sie einfach. „Wir wissen sogar, daß sich eure Haushälterin Sorgen um dich macht, weil du heute morgen einfach aus dem Haus gegangen bist, ohne Bescheid zu sagen.“

„Diese alte Schnüffelnase!“ rief Veronica wütend. Nach Lauras Ansicht war das selbst für Veronica etwas grob. Schließlich hatte die Haushälterin den Auftrag bekommen, sich um Veronica zu kümmern, solange die

Eltern verreist waren. „Sie muß in Pine Hollow angerufen haben, um zu fragen, ob ich dort bin – als ob ich in den Stall fahren würde, nachdem mein Pferd mich so blamiert hat. Aber es geschieht ihr recht, wenn sie sich Sorgen gemacht hat. Ich bin nur so früh losgefahren, um in Ruhe einkaufen zu gehen."

Mit diesen Worten machte sie auf dem Absatz kehrt und verschwand. Sie sah sich noch einmal um, ob jemand aus ihrer Clique in der Eisdiele war. Es war niemand da. Veronica lehnte die von der Kellnerin angebotene Eiskarte brüsk ab und verließ die Eisdiele.

„Einkaufen?" sagte Jenny. „Dieses Mädchen schafft es immer wieder, mich in Erstaunen zu versetzen."

„Jetzt verstehe ich auch die neue Frisur", sagte Julia.

„Wieso?" fragte Laura.

„Ihre Mutter hat ein Kreditkonto beim Friseur und eines bei dem Juwelier im Einkaufszentrum. Ich weiß ja nicht, wo sie sonst noch war, aber während Mami und Papi unterwegs sind, tanzt die Maus – zwischen den Juwelen. Sind euch ihre neuen Ohrringe nicht aufgefallen?"

„Doch", sagte Laura. „Mir schon. Ich fand, die Steine hatten dieselbe Farbe wie Garnet."

„Ja, das stimmt", sagte Julia.

„Aber ich wette, sie hat sie nicht gekauft, weil sie sie an ihr wunderschönes Pferd erinnerten, sondern eher, weil sie farblich zu ihm passen."

„Das nenne ich Modebewußtsein!" lachte Jenny. „Zum Pferd passende Ohrringe!"

„Ich wette, auch Veronica betrachtet das als Modebewußtsein", sagte Laura. „Bloß in ihrem Fall ist es kein Scherz."

„Schoko-Mint-Becher?" sagte die Kellnerin.

„Hier, bitte", sagte Julia.

„Heiße Himbeeren ..." Sie stellte Laura den Eisbecher hin. „... und einmal Vanille."

Jenny sah ihr Eis verwundert an. „Sie haben etwas vergessen, oder nicht?"

„Das ist, was du bestellt hast", sagte die Frau geduldig.

„Das weiß ich", sagte Jenny. „Aber ich wollte auch ein paar Pistazien dazu und etwas von der Blaubeersoße, und wenn Sie noch etwas Ananassahne auf das Eis geben könnten ..."

Jenny hörte auf zu sprechen, denn die Frau war schon davongehastet. Jenny schüttelte den Kopf. „Ein komischer Laden ist das hier", sagte sie. „Die geben einem nie, was man bestellt hat." Dann nahm sie ihren Löffel in die Hand und begann, schlichtes Vanilleeis zu essen.

# 9

Laura, Julia und Jenny standen am Rand des Springplatzes und betrachteten ungläubig die Hindernisse.

„Die sollen wir doch wohl nicht alle springen?" fragte Julia entgeistert.

Laura nickte nur. Max Regnery, Mrs. Reg, Donald und Red O'Malley waren gerade dabei, die Hindernisse für das Springen der Jugendlichen aufzubauen. Es waren acht Hindernisse, aber mit elf Sprüngen, denn es waren eine zweifache und eine dreifache Kombination darunter.

„Das schaffe ich nie", sagte Julia verzweifelt.

„Doch, das schaffst du", verkündete Jenny. „Denk nur daran, daß du es zu Ehren des Sattelclubs tust."

Julia warf ihr einen vernichtenden Blick zu. „Ich denke lieber daran, daß ich es nur tue, um mich nicht abgrundtief zu blamieren."

„Und das von jemand – dem einzigen Jemand –, der im Gelände keinen einzigen Strafpunkt kassiert hat!" neckte Jenny sie.

„Es ist ja nicht so, daß die Sprünge zu hoch oder zu

schwierig wären, aber ich werde mir die richtige Reihenfolge nie merken können!"

Jenny grinste. „Es sprach die Musterschülerin mit den vielen Einsen", sagte sie zu Laura gewandt.

Doch Laura hörte kaum zu. Sie sah aufmerksam zu, wie der Parcours aufgebaut wurde. „Seht ihr, die Hindernisse sind numeriert, und sobald die Nummern aufgestellt sind, können wir den Parcours abgehen. Dann können wir uns die Reihenfolge merken."

„Es geht doch nur darum, die Sprünge in der richtigen Reihenfolge anzureiten, nicht wahr?" fragte Julia.

„Nicht ganz", sagte Laura. „Normalerweise hast du recht, und das einzige, worauf man sonst noch achten muß, ist, die erlaubte Zeit nicht zu überschreiten. Doch bei diesem Turnier hat Max die Regeln verändert, und er erwartet mehr von seinen Reitschülern. Er möchte guten Stil sehen. Wir müssen ein gleichmäßiges Tempo halten und die Sprünge korrekt anreiten. Für Stilfehler wie etwa abgespreizte Ellenbogen oder das Traben auf dem falschen Fuß gibt es Strafpunkte."

„Max verlangt ganz schön viel!" stöhnte Jenny.

„Ja", stimmte Laura ihr zu. „Deswegen ist er auch so ein guter Lehrer."

Es war der Morgen des dritten Turniertages, und das Springen war die letzte Prüfung, in der sich die jugendlichen Reiter bewähren mußten. Das Springen für die Erwachsenen sollte nachmittags stattfinden, und danach kamen der Aufmarsch aller Teilnehmer und die Siegerehrung. Es war in mehr als einer Hinsicht ein großer Tag für den Sattelclub. Es war außerdem der letzte Tag, den sie sich zugestanden hatten, um die verschwundenen Pferde zu finden. Das war wichtig; das war ihnen allen klar. Doch zunächst gab es noch etwas Wichtigeres für sie zu tun – das Springen.

„Der Parcours ist zur Besichtigung freigegeben!" verkündete Max.

Darauf hatte Laura nur gewartet. Sie nahm sich eine der Skizzen, die Mrs. Reg an die Teilnehmer verteilte, und studierte sie eingehend. Der Parcours war schwierig. Er führte im Zickzack über den ganzen Platz, doch bei genauerem Hinsehen erkannte Laura die Logik in der Linienführung. Max hatte den Parcours so angelegt, daß er seinen Reitern alles abverlangte, was er seit ihren ersten Reitstunden mit ihnen geübt hatte. Bei diesem Wettkampf traten die Reiter nicht in erster Linie gegeneinander an, sie mußten vielmehr ihre eigenen Fähigkeiten unter Beweis stellen. Laura faltete die Skizze zusammen, steckte sie in die Tasche und begann, den Parcours abzugehen.

Laut Zeitplan blieben ihnen fünfzehn Minuten, um die Hindernisse zu besichtigen. Laura nutzte die Zeit voll aus. Sie schritt den Parcours mehrmals ab und zählte die Zahl ihrer Schritte zwischen den einzelnen Hindernissen, um besser abschätzen zu können, wie viele Galoppsprünge Silberstern wohl brauchen würde. Auf diese Weise konnte sie auch vorausplanen, in welchem Abstand er vor jedem Hindernis abspringen mußte. Sie merkte sich alle wichtigen Punkte, die ihr beim Springen helfen konnten.

Laura konnte kaum glauben, wie schnell die Pfeife ertönte. Jetzt mußte sie Silberstern warmreiten. Sie hatte die Startnummer sechs gezogen und damit den Vorteil, daß sie fünf andere Reiter, unter ihnen auch Jenny, springen sehen konnte, bevor sie selbst an der Reihe war. Sie war fest entschlossen, diesen Vorteil zu nutzen.

„Hallo, Erde an Laura!" Es war Jenny. Sie stand neben Laura und wedelte mit der Hand vor ihrem Gesicht herum. Laura blinzelte.

„Oh", sagte sie. „Entschuldige. Ich habe mich konzentriert."

„Das war nicht zu übersehen", sagte Jenny. „Hat dir die Parcoursbesichtigung etwas genützt?"

„O ja. Ich habe mir unzählige Dinge gemerkt, so zum Beispiel, wo Silberstern abspringen muß, wo ich den Galopp wechseln muß, wie schnell er vor den einzelnen Hindernissen sein darf und wie viele Galoppsprünge er zwischen ihnen machen soll."

„Irre!" sagte Jenny ehrlich beeindruckt.

„Das Problem dabei ist nur, daß ich nicht glaube, daß ich irgend etwas davon behalten werde."

„Ach, du wirst es schon gut machen", sagte Jenny. „Ich habe Silberstern oft genug springen sehen, um zu wissen, daß dies seine Prüfung ist."

„Das hoffe ich", murmelte Laura.

„Los, komm, laß uns die Pferde holen, damit wir es bald hinter uns haben." Gemeinsam betraten sie den Stall.

Julia war bereits dort und bürstete Pepper ein letztesmal über.

„Mir ist das Ganze gar nicht geheuer", sagte sie.

„Das macht nichts", sagte Jenny. „Zumindest uns kann es egal sein. Das hier wird Lauras Prüfung. Wir tun einfach unser Bestes, und mehr können wir sowieso nicht tun. Laura und Silberstern werden sich die Siegerschleife holen, ohne sich auch nur im geringsten anzustrengen. Siehst du, jetzt ist der Druck weg. Geht es dir jetzt besser?"

Julia lachte. „Klar", sagte sie. „Du hast immer diese Wirkung auf mich."

Die Mädchen verpaßten ihren Pferden den letzten Glanz, sattelten und zäumten sie und trafen sich in der Stallgasse. Gegenseitig kontrollierten sie den Zustand von Pferden und Ausrüstung. Es gab nichts zu beanstanden. Nun war es Zeit, die Pferde warmzureiten und sich auf das Springen vorzubereiten.

Jenny war die zweite. Laura und Julia standen am Zaun und drückten ihr die Daumen. Topside hatte einmal einer erfolgreichen Springreiterin gehört und war Turniere gewohnt. Er wußte, was er tat, und für Jenny galt dasselbe. Leider wußte es auch Max. Der Parcours war wirklich schwierig. Jenny war zwar sehr gut, doch einigen der Kombinationen war sie nicht gewachsen.

„Die dreifache Kombination ist die Klippe", sagte Laura. „Es ist gar nicht die Höhe der Hindernisse, sondern die Tatsache, daß sie so dicht zusammenstehen, daß die Pferde vollkommen ausbalanciert und gleichmäßig galoppieren müssen, um sie zu überwinden. Und Max hat uns zwischen den Hindernissen nicht viel Platz gelassen, um den Galopp zu korrigieren."

Jenny überwand die ersten drei Hindernisse ohne Mühe. Im Vorbeigaloppieren strahlte sie ihre Freundinnen an. Laura hatte den Eindruck, daß sie ihnen am liebsten zugewinkt hätte, aber das konnte sie natürlich nicht tun. Das wäre schlechter Stil gewesen. Das nächste Hindernis war die dreifache Kombination. Topside war in Topform. Jenny ließ ihn genau im richtigen Augenblick abspringen, und damit paßte der Absprung auch für die beiden dahinter stehenden Hindernisse. Julia und Laura begannen spontan zu applaudieren, und sie waren nicht die einzigen. Alle anderen Zuschauer taten dasselbe.

„Sie sieht so locker aus", stellte Julia fest.

„Zu locker", bemerkte Laura. „Wenn sie nicht aufpaßt, wird sie..."

Genau in diesem Moment geriet Jenny in Schwierigkeiten. Sie ließ Topside in einem zu großen Bogen auf das nächste Hindernis zugaloppieren, und anstatt es gerade anzureiten, steuerte sie schräg darauf zu. Topside kam zu dicht an das Hindernis heran und stieß die obere Stange herunter.

„Das sind fünf Strafpunkte", sagte Laura.

„Aber es sind bisher die einzigen", sagte Julia.

Das stimmte zwar, aber Laura wußte, daß Jenny jetzt aus dem Konzept gekommen war. Sie schaffte es auch beim nächsten Hindernis nicht, den Absprung zu bestimmen, und Topside verweigerte. Jenny wußte, was zu tun war. Sie ritt einen Bogen und steuerte das Hindernis ein zweitesmal an. Diesmal schafften sie es ohne Probleme, doch die Verweigerung hatte ihr weitere zehn Strafpunkte eingebracht.

Jenny hatte ihre Lektion gelernt. Von nun an konzentrierte sie sich, und sie und Topside brachten den Rest des Parcours in ausgezeichnetem Stil hinter sich. Der letzte Teil ihres Rittes sah großartig aus. Der Anfang war ebenfalls großartig gewesen. Nur die Mitte sollte man lieber vergessen, fand Laura.

„Du warst toll!" rief Julia, als Jenny wieder auf dem Abreiteplatz eintraf.

„Das war ich nicht, aber trotzdem danke", sagte Jenny.

Laura umarmte sie. „Die meiste Zeit warst du toll", sagte sie ehrlich. „Du hast die dreifache Kombination genommen wie ein Profi, und das Ende des Rittes war einfach spitze."

„Bloß die Mitte war nicht so berühmt", sagte Jenny selbstkritisch.

„Aber du hast dich wieder gefangen, und das ist es, was zählt. Du wirst dafür vielleicht keine goldene Schleife bekommen, aber du hast dir damit bestimmt Bewunderung verdient."

Jenny saß ab und klopfte Topside den Hals. „Ich wollte die goldene Schleife gar nicht haben. Die sollst du dir holen", sagte sie zu Laura. „Viel Glück dabei."

„Danke", sagte Laura.

„Ich werde Topside noch etwas herumführen und ihn dann in den Stall bringen. Ich bin aber rechtzeitig zurück, wenn du reitest, okay?" Laura und Julia nickten und richteten ihre Aufmerksamkeit wieder auf die Teilnehmerin in der Bahn.

„Sieh dir nur ihre Hände an", sagte Laura. „Sie hält sie nicht still. Sie wird es nie..." Die erste Stange fiel zu Boden.

Jenny führte Topside in den Stall. Sie war nicht gerade stolz auf ihre Leistung, aber doch froh, daß sie es geschafft hatte, ihre Fehler zu überwinden. Das war manchmal gar nicht so leicht, wobei es natürlich half, wenn man ein so tolles Pferd wie Topside hatte. Im Gehen erzählte sie ihm von all den wundervollen Dingen, die sie für ihn tun wollte, sobald sie Zeit dazu hatte. Zu ihren Versprechungen gehörten auch kiloweise Möhren und zweistündige Duschbäder. Er folgte ihr brav in den Stall.

Der Stall war menschenleer, weil alle Anwesenden dem Springen zusahen. Deswegen überraschte es Jenny auch so, jemanden angeregt sprechen zu hören. Sie ließ Topside anhalten und lauschte.

Im Stall gab es ein Telefon. Es sollte eigentlich nur im Notfall benutzt werden, aber es gab immer wieder Leute, die das Wort Notfall nach eigenem Gutdünken auslegten. Dem Tonfall des Sprechers zufolge hielt auch er sein Problem für einen Notfall. Er sprach in einem so hektischen Flüsterton, daß Jenny unmöglich feststellen konnte, wer es war. Die Dringlichkeit des Gesprächs war jedoch unüberhörbar.

„Natürlich brauche ich das Geld! Und ich brauche es sofort..."

Jenny wollte nicht stören. Wer immer dort telefonierte, hatte offensichtlich ein Problem und wollte vermutlich nicht, daß andere davon erfuhren.

„Hör zu, ich habe getan, was ich tun sollte... Ich habe mir fast die Hacken abgelaufen, um alles..."

Topside wieherte, und da alle anderen Pferde des Stalles draußen auf dem Turnierplatz waren, wußte der Mensch am Telefon sofort, daß jemand in der Nähe war, und das gefiel ihm anscheinend gar nicht.

„Ich kann jetzt nicht weitersprechen“, sagte er hastig, und Jenny hörte, wie der Hörer aufgelegt wurde.

Jenny schämte sich, das Gespräch belauscht zu haben, aber sie starb auch fast vor Neugier. Jemand, der so dringend Geld brauchte, war zu allem fähig. War es möglich, daß sich einer der Entführer hier im Stall herumtrieb?

Jenny schnalzte mit der Zunge, um Topside wieder in Bewegung zu versetzen. Sie gingen um die Ecke, und Jenny hatte die ganze Stallgasse im Blick. Der Telefonierer war nirgends zu sehen.

Topside betrat artig seine Box. Jenny sattelte ihn ab und gab ihm frisches Wasser und einen Armvoll Heu.

„Bis nachher“, sagte sie und schloß die Boxentür hinter sich.

Auf dem Rückweg zum Springplatz traf sie Donald, der mit einem Berg frisch geputzter Trensen an ihr vorbeisauste. Er nickte ihr freundlich zu. Ihr fiel ein, daß er etwas – oder jemanden – gesehen haben konnte.

„Ach, Donald“, sagte sie. „Hast du vor ein paar Minuten jemanden im Stall gesehen?“

Er hielt inne und sah sie nachdenklich an. „Nein“, sagte er dann. „Er war wie ausgestorben, seit das Springen für die Jugendlichen läuft.“ Dann verschwand er so schnell, wie er gekommen war.

Jenny zuckte mit den Schultern. Es war eigentlich kein Wunder, daß Donald nicht gesehen hatte, wer das

Telefon benutzt hatte, denn schließlich sauste er ständig von einem Ort zum anderen und schien nie etwas zu sehen!

Jenny betrachtete das Telefon, als sie wieder daran vorbeikam, fast, als hoffte sie, es würde ihr etwas erzählen. Das einzige, was es ihr verriet, war jedoch, daß einer der unzähligen Menschen, die heute durch den Stall gegangen waren, unvorsichtig gewesen war, denn auf einem Heuballen unter dem Telefon lag ein Kaugummipapier.

„Man sollte meinen, die Leute könnten etwas ordentlicher sein", sagte Jenny ärgerlich, hob das Papier auf und steckte es ein, um es später wegzuwerfen. „Ziegen fressen zwar Papier", sagte sie zu sich selbst. „Aber Pferde vertragen das ganz und gar nicht."

# 10

„Viel Glück, Laura", sagte Julia und drückte sie an sich. Dann zeigte sie ihr die Hände. „Wir drücken dir die Daumen."

„Ja, das stimmt", sagte Jenny und gesellte sich zu Julia. Auch sie hielt ihre Daumen fest gedrückt.

Laura war sicher, daß sie bei solcher Unterstützung gar nichts falsch machen konnte.

„Du bist an der Reihe!" sagte Mrs. Reg und wünschte ihr Glück. Der Gong ertönte, und es war Zeit, anzufangen.

Laura ritt auf den Platz und grüßte die Richter, wie es auch in der Dressur üblich war. Danach stand ihr noch eine volle Minute Zeit zu, bevor sie anfangen mußte, und sie war entschlossen, sie sinnvoll zu nutzen. Dies war Silbersterns erstes Springen vor Zuschauern, und sie wollte ihn an die Atmosphäre und die Menschen gewöhnen. Sie umkreiste den Platz im Trab und bog dann in die lange Gerade ein, die auf das erste Hindernis zuführte. Genau so hatte sie ihren Ritt geplant. In der Ecke ließ sie Silberstern angaloppieren. Er reagierte sofort. Laura empfand Silbersterns Galopp immer als einen Traum. Sie hätte den sanften Dreischlag stundenlang genießen können, doch daran war im Augenblick nicht zu denken. Sie mußte sich vollkommen auf ihr Pferd und die vor ihr liegende Aufgabe konzentrieren. Sie war überzeugt davon, daß sie von allen Teilnehmern das beste Pferd hatte, und wollte, daß dies auch alle anderen erfuhren.

Lauras konzentriertes Abschreiten des Parcours zahlte sich aus. Sie wußte genau, wie lang die Gerade war, und als sie den etwas krummen Hindernisständer erreichte, fiel ihr auch wieder ein, an welcher Stelle sie Silberstern abspringen lassen wollte. Sie war bereit, und ihr Pferd war es ebenfalls. Silberstern sprang perfekt ab und flog fehlerfrei über das erste Hindernis. Als er zur Landung ansetzte, richtete Laura ihren Oberkörper wieder auf und glitt in dem Moment, in dem Silberstern aufsetzte, sanft zurück in den Sattel. Er galoppierte ohne Zögern weiter, und Laura hatte keinen Augenblick das Gefühl, daß er nicht im Gleichgewicht war. Die Zuschauer applaudierten. Laura wußte, daß sie den Beifall verdient hatte. Und Silberstern ebenso.

„Brav, brav", flüsterte sie ihm zu.

Auch bei den nächsten beiden Hindernissen gab es keine Probleme, und dann kam die dreifache Kombination. Silberstern betrachtete die vor ihm liegenden drei Hindernisse aufmerksam. Laura wußte genau, was sie von ihm wollte, und es schien, als brauchte sie es ihm überhaupt nicht zu sagen. Er reagierte fast von selbst. Sie wußte kaum, wie ihr geschah, als die drei Hindernisse auch schon hinter ihr lagen.

„Oooh!" machten die Zuschauer und klatschten begeistert in die Hände.

Eine Sekunde lang horchte Laura auf den Beifall, doch dann mußte sie daran denken, wie sehr Jenny dadurch abgelenkt worden war und in welche Schwierigkeiten es sie gebracht hatte. Laura zwang sich, nicht mehr auf den Applaus zu hören, und richtete ihre volle Aufmerksamkeit auf das nächste Hindernis, dann das nächste und dann die zweifache Kombination. Noch bevor sie sich dessen recht bewußt war, hatten sie auch schon das letzte Hindernis fehlerfrei überwunden und galoppierten über die Ziellinie. Laura parierte ihr Pferd zum Trab durch, ritt zurück in die Mitte des Platzes und grüßte die Richter zum zweitenmal.

Als sie den Kopf wieder hob, bemerkte sie, daß die Zuschauer aufgestanden waren. Sie standen und applaudierten ihr und Silberstern. Das machte Laura sehr verlegen. Sie ritt schon sehr lange und hatte sich immer bemüht, möglichst gut zu reiten, doch sie hatte es nur für sich selbst getan. Es hatte sie nie interessiert, was andere Leute von ihrer Reiterei dachten – abgesehen natürlich von ihrem jeweiligen Reitlehrer. Doch nun stand sie in der Mitte des Springplatzes von Pine Hollow, und mehr als hundert Leute hatten sich erhoben und applaudierten ihr und ihrem Pferd. Laura wußte nicht, was sie tun sollte. Sie sah hilfesuchend zu ihren Freundinnen hinüber, doch die klatschten genauso begeistert wie alle anderen. Laura tippte mit dem Knauf ihrer Gerte an den Schirm ihrer Reitkappe, um sich beim Publikum zu bedanken, und ließ dann ihr Pferd antraben. Silberstern tänzelte aufgeregt herum, doch Laura fand, er hatte es sich verdient, etwas anzugeben.

Julia und Jenny erwarteten sie am Tor. „Du warst irre!" jubelte Jenny.

Laura saß ab. Julia warf sich ihr in die Arme. „Du hast den Sieg in der Tasche!" verkündete sie.

„Das war nicht ich", versuchte Laura zu erklären. „Es war Silberstern. Er ist zum Springen geboren!" Sie unterbrach sich und fuhr dann lachend fort: „Und vielleicht bin ich dazu geboren, ihn zum Springen zu veranlassen."

Jenny und Julia mußten sie beide noch einmal kräftig drücken.

„Wann startest du?" fragte Laura, denn ihr war plötzlich wieder eingefallen, daß die Prüfung nicht zu Ende war, nur weil sie ihren Ritt hinter sich hatte.

„Als nächste", sagte Julia.

„Bist du aufgeregt?" fragte Laura.

„Nein, gar nicht", antwortete Julia. „Ich war es, bis du geritten bist. Aber du warst so toll, wie ich es auf keinen

Fall sein kann, also brauche ich mir darüber keine Gedanken mehr zu machen. Ich kann einfach einreiten, mein Bestes geben, und mehr brauche ich nicht zu tun."

„Mehr brauchst du nie zu tun," sagte Laura.

„Ich weiß", sagte Julia. Sie wollte noch etwas sagen, doch da rief Mrs. Reg ihren Namen auf. „Ich glaube, es ist Zeit, mein Bestes zu tun."

„Viel Glück", riefen Jenny und Laura wie aus einem Mund. Sie standen nebeneinander am Tor und sahen zu, wie Julia einritt.

„Sie wird es schon schaffen", sagte Laura.

„Ja", sagte Jenny. „Und wir können ihr helfen, indem wir hier stehenbleiben und ihr die Daumen drücken."

Julia machte ihre Sache gut. Sie war immer noch Anfängerin und hatte wenig Erfahrung im Springen, doch sie hatte in der kurzen Zeit des Trainings viel gelernt, und es half ihr auch, ein so erfahrenes Pferd wie Pepper zu reiten. Sie arbeitete hart daran, Pepper in einem gleichmäßigen Galopp zu halten, und achtete auch darauf, möglichst korrekt zu sitzen, die Ellenbogen nicht abzuspreizen und den Rücken geradezuhalten.

Einige Fehler unterliefen ihr trotzdem, und sie belasteten ihr Konto mit Strafpunkten. Vor einem Hindernis zögerte sie so lange, bis Pepper zu dicht davorstand, und die oberste Stange fiel, als er schließlich doch sprang. In der dreifachen Kombination geriet sie dann richtig in Schwierigkeiten. Julias Problem war, daß die Hindernisse einfach zu dicht zusammenstanden und sie es nicht schaffte, sich oder ihr Pferd wieder zu versammeln, bevor der nächste Absprung kam. Sie war ebenso irritiert davon wie ihr Pferd. Pepper warf das zweite Hindernis der Kombination um und blieb vor dem dritten stehen. Julia wendete ihn ab und ritt die Kombination ein zweitesmal an. Diesmal schaffte sie es, doch diese Aktion hatte ihr einige Strafpunkte eingebracht.

Laura konnte die Entschlossenheit in Julias Gesicht sehen. Sie wußte genau, was in ihrem Kopf vorging. Es konnte einem Reiter, der in einer Prüfung Fehler machte, leicht passieren, daß er immer schlechter und aufgeregter wurde. Genau das war Veronica in der Dressur passiert. Doch Julia wollte nicht, daß es ihr genauso erging. Sie wollte wieder in Schwung kommen und auf dem Rest der Strecke ihr Bestes geben, genau wie Jenny es getan hatte.

Nachdem Pepper das letzte Hindernis der Kombination überwunden hatte, verstärkte Julia ihren Schenkeldruck, um ihn energischer galoppieren zu lassen. Pepper setzte seine Hinterhand weit unter den Körper. Er war bereit, zu springen, bereit, gut zu springen. Julia beendete ihren Ritt so schön, wie sie ihn begonnen hatte. Das war etwas, auf das sie stolz sein konnte.

„Klasse!" sagte Laura. „Du hast dich gut wieder gefangen und dein Bestes gegeben."

„Ja, du warst super", lobte auch Jenny. Sie hielt Pepper

am Zügel fest, während Julia absaß, und begann dann, ihn ein wenig herumzuführen. „Jetzt haben wir eine Weile Ruhe bis zur Siegerehrung. Suchen wir uns einen ruhigen Ort zum Reden?"

Das hielten Julia und Laura für eine gute Idee. Jenny führte Pepper zum Stall. Auf dem Weg dorthin kam sie am Mülleimer vorbei, und ihr fiel das Kaugummipapier wieder ein, das sie in der Tasche hatte. Sie blieb stehen und fischte es heraus.

„Kaum zu glauben, was für Schweine manche Leute sind", sagte sie und warf das Papier in den Mülleimer.

„Das stimmt", sagte Laura. Sie steckte ebenfalls die Hand in die Tasche und zog das Kaugummipapier hervor, das sie am Tag zuvor im Wald gefunden hatte. „Und dann noch Wassermelonengeschmack. Igitt!"

„Wassermelone?" fragte Jenny und suchte im Mülleimer nach dem Papier, das sie gerade hineingeworfen hatte. „Das war auch der Geschmack von dem, das ich gefunden habe."

„Im Wald?" fragte Laura.

„Nein", sagte Jenny. „Es lag beim Telefon..." Jenny hatte plötzlich das Gefühl, Teile eines Puzzles gefunden zu haben, die unerwartet zusammenklebten *wie Kaugummi*!

„Stellt eure Pferde weg und lockert nur schnell die Gurte. Beeilt euch", sagte sie. „Wir treffen uns in fünf Minuten auf dem Heuboden."

Jenny verschwand so schnell, daß ihre Freundinnen keine Zeit mehr hatten, sie etwas zu fragen. Julia und Laura verschwanden genauso schnell. All ihre Fragen würden auf dem Heuboden beantwortet werden.

„Jedesmal, wenn ich mir alle Puzzleteilchen ansehe, fällt mir nur ein Name ein", sagte Jenny. „Und dieser Name ist Donald." Sie erzählte ihnen von dem Telefongespräch, das sie mit angehört hatte. „Anfangs habe ich mir nichts dabei gedacht, doch als ich anfing zu denken, dachte ich immer nur an Kaugummipapier und Kaugummi. Die ganze Geschichte scheint mit Kaugummi verklebt zu sein."

„Einschließlich der Lösegeldforderungen!" rief Laura aufgeregt.

„Genau", stimmte Jenny zu.

„Glaubt ihr wirklich, daß Donald die Pferde entführt hat?" fragte Julia. Sie konnte sich nicht vorstellen, daß jemand, der so hart arbeitete und immer so beschäftigt war, ein Gauner sein konnte.

„Ich weiß es nicht", gab Jenny zu. „Aber ich bin mir ziemlich sicher, daß er damit zu tun hat. Am Telefon – und er muß derjenige sein, den ich telefonieren hörte – klang es, als wäre jemand anders der Boß, und er wollte nur sein Geld haben."

Laura kratzte sich den Kopf. „Wenn wir nun also davon ausgehen, daß Donald der Laufbursche der Ganoven ist, wo stecken dann die Pferde?"

„Im Wald natürlich“, sagte Jenny.

„Aber sie waren nicht im Steinbruch. Was macht dich so sicher, daß sie im Wald versteckt sind?“

„Das Kaugummipapier“, sagte Jenny. „Und die Tatsache, daß Donald im Wald geritten ist. Ich glaube nicht, daß er uns wirklich gefolgt ist. Ich denke, er war schon dort und hat uns gehört. Und dann hat er sich die Geschichte ausgedacht, wie er uns nachgeritten ist.“

„Und wo sind die Pferde?“ fragte Laura. „Und wie sind sie ohne Transporter dorthin gekommen?“

„Ich weiß es nicht“, mußte Jenny zugeben. „Wir werden eben suchen müssen. Und diesmal werden wir sie finden.“

„Ich denke, es ist Zeit, Peppers Sattelgurt wieder festzuziehen“, sagte Julia und erhob sich. „Und auf dem Weg zu ihm werde ich dafür sorgen, daß Donald etwas zu tun bekommt, das ihn schön lange beschäftigt.“

Sie beschlossen, sich fünf Minuten später beim Glücksbringer-Hufeisen zu treffen.

# 11

Mehrere Faktoren drängten die Mädchen zur Eile. Laura hatte das Gefühl, daß jede weitere Minute der Gefangenschaft das Leben der Pferde bedrohte. Jenny dagegen hatte es eilig, weil sie und ihre Freundinnen die ersten sein sollten, die die Pferde fanden und befreiten. Und Julia war es besonders wichtig, das Verbrechen aufzuklären, bevor die Leute überhaupt merkten, daß eines verübt worden war – und daß sie davon gewußt hatten.

Jede von ihnen wußte, was die anderen dachten, und sie fanden es irgendwie beruhigend.

Wieder bogen sie von der Feuerschneise nach links ab. Laura fand Jennys Theorie immer noch ganz vernünftig. Die Fahrspuren konnten wirklich von einem Pferdetransporter stammen, und auf dem rechten Weg war gar nichts zu sehen. Als sie am Bach angekommen waren, wunderten sie sich erneut. Die Spuren schienen nicht nur zu enden, sondern zurückzuführen.

„Und was machen wir jetzt?" fragte Jenny.

Laura überlegte. Währenddessen senkte Silberstern

den Hals und begann, aus dem Bach zu trinken. Er watete sogar ein paar Schritte ins Wasser, um an eine tiefere Stelle zu kommen. Das erinnerte Laura an den Geländeritt, auf dem er auch unbedingt hatte saufen müssen. Und es erinnerte sie auch daran, wie gern Pferde an heißen Sommertagen ins Wasser gehen.

„Der Bach!" stieß sie plötzlich hervor.

„Wie belieben?" fragte Jenny gespielt vornehm.

Laura mußte lachen. „Ich wette, die Verbrecher haben die Pferde ausgeladen, weil ihr Transporter zu deutliche Spuren hinterließ und sie mit ihm ohnehin nicht weiterkamen, und dann sind sie mit ihnen im Bachbett weitergegangen, damit niemand die Hufspuren sieht!"

„Ja", stimmte Julia zu. „Das würde einiges erklären."

Jenny nickte. „Das würde auch erklären, warum Donald von dort hinten gekommen ist, obwohl er behauptet hat, er wäre uns gefolgt. Los, auf geht's!"

„Aber leise", warnte Laura. Sie mußte es nicht zweimal sagen. Schweigend ritten sie im Bachbett entlang. Laura kannte diesen Teil des Waldes nicht, und auch Jenny war noch nie dort gewesen. Sie befanden sich am Rande des Staatsforstes, der an Ackerland angrenzte, auf dem das Reiten verboten war. Laura fand jedoch, daß das Verletzen des Reitverbotes im Vergleich zu einer Entführung eindeutig das kleinere Vergehen war, und wagte es.

Sie achtete sorgfältig darauf, wohin ihr Pferd trat,

doch der Bach war nicht tief und das Wasser klar. Sie wollte Silberstern, Pepper und Topside auf keinen Fall gefährden. Drei Pferde waren bereits in Gefahr, und sie wollte vermeiden, daß es sechs wurden. Plötzlich entdeckte sie etwas, das ihren Herzschlag beschleunigte.

„Da!“ flüsterte sie und zeigte mit dem Finger. „Pferdemist!“

Alle drei hielten an und schauten. Am Rand des Baches lag unübersehbar ein Haufen Pferdeäpfel.

„Ich hätte nie gedacht, daß ich mich jemals über Mist freuen würde!“ alberte Jenny.

„Wo Mist ist, sind auch Pferde“, verkündete Julia. „Der Spruch gefällt mir fast noch besser als der von dem Rauch und dem Feuer.“

„Ich bezweifle aber, daß er dieselbe Verbreitung finden wird wie der Wo-Rauch-ist-Spruch“, scherzte Jenny.

Laura konnte sich nicht erklären, warum sie der einsame Haufen Pferdemist in eine solche Hochstimmung versetzte. Natürlich, er war der Beweis dafür, daß sie auf der richtigen Spur waren. Doch was mochte sie hinter der nächsten Biegung erwarten? Wie weit war es noch? In welcher Gefahr befanden sich die Pferde? In welcher Gefahr befanden *sie* sich?

Ihre Freundinnen schienen dasselbe zu denken. Die drei saßen schweigend und unsicher auf ihren Pferden. Laura starrte nachdenklich vor sich hin. Silberstern spitzte die Ohren, als würde er ebenfalls nachdenken.

Und plötzlich vernahmen sie trotz des Rauschens des Baches, des Vogelgezwitschers und des Blätterraschelns ein weiteres, wohlbekanntes Geräusch. Das Wiehern eines Pferdes.

Die Mädchen sahen sich an. Ihnen allen war klar, daß sie gefunden hatten, wonach sie suchten.

„Wir müssen Hilfe holen", flüsterte Julia.

„Wir müssen hierbleiben und den Pferden helfen", widersprach Laura.

„Erst müssen wir ganz sicher sein", bemerkte Jenny sachlich.

Ohne weitere Diskussion saßen die Mädchen ab, banden ihre Pferde an tiefhängenden Ästen fest und schlichen zu Fuß am Rand des Baches um die nächste Kurve. Sie gingen hinter einem Felsen in Deckung und schauten vorsichtig über die Hügelkuppe.

Vor ihnen, in einer Mulde, lag ein alleinstehender Bauernhof. So wie Scheune und Wohnhaus aussahen, konnte es durchaus ein verlassener Hof sein, fand Jenny. Die Gebäude standen zwar noch, aber sie hatten bestimmt seit Jahrzehnten keine frische Farbe mehr gesehen.

„Was für ein vernachlässigtes Anwesen", bemerkte Julia abschätzig.

„Niemand versteckt gestohlene Pferde im Viersternehotel", sagte Jenny. „Dieser alte Hof ist einfach perfekt dafür."

„Und wo sind die gestohlenen Pferde?" fragte Julia.

„Wir werden sie gleich sehen", sagte Laura. Von ihrem Versteck aus konnten sie nur die Rückseite des Hauses und der Scheune einsehen. Sie sahen jedoch kein Lebenszeichen, weder von Menschen noch von den Pferden.

„Wir müssen zu der Scheune dort", sagte Jenny.

„Nur eine von uns", widersprach Laura. „Ich werde gehen, und ihr beide bleibt hier. Es hat keinen Sinn, wenn wir uns alle in Schwierigkeiten bringen."

Das fanden Jenny und Julia etwas albern, denn schließlich steckten sie alle drei schon tief genug in Schwierigkeiten, doch sie fügten sich und blieben im Versteck, während Laura auf die Scheune zu schlich.

Laura konnte spüren, daß sie recht hatte. Die Pferde mußten hier sein, und die Entführer ebenfalls. Sie mußte sie nur noch finden und dann Hilfe holen.

Sie brauchte nur ein paar Sekunden, um die Scheune zu erreichen. Auf ihrer Seite waren keine Fenster, was bedeutete, daß sie zur Vorderfront mußte. Sie drückte sich eng an die Wand, weil sie fürchtete, ihr Schatten könnte sie verraten.

Laura warf einen Blick um die Ecke der alten Scheune und fand ihre Hoffnungen, aber auch ihre Ängste bestätigt. Sie sah zwei fremde Männer und drei bekannte Pferde. Das war die gute Nachricht. Die schlechte Nachricht war, daß die Männer gerade versuchten, die drei Pferde in einen Transporter zu verladen. Sie wollten sie woanders hinbringen, und der Satelclub hatte keine Möglichkeit, ihnen zu folgen. Die Pferde wären für immer verschwunden!

Die Männer versuchten, Garnet als erste zu verladen. Zu Lauras – und natürlich auch Garnets – Glück gab es jedoch nichts, was Garnet mehr haßte als das Fahren im Transporter.

Immer, wenn Veronica sie verladen wollte – oder vielmehr Red, denn er mußte es gewöhnlich für sie tun -, klappte es nur mit verbundenen Augen. Auf diese Idee würden die Entführer sicher auch bald kommen, doch vielleicht blieb Laura bis dahin noch genug Zeit, zu tun, was getan werden mußte.

Sie mußte Jenny und Julia zu Hilfe holen, und sie würden auch ihre Pferde brauchen. Sie drehte sich zu den Freundinnen um, winkte ihnen zu und deutete dann auf ihre Pferde. Jenny nickte. Einem Abenteuer konnte sie nie widerstehen, und sie wußte, was zu tun war.

Jenny und Julia verschwanden. Laura hielt einige Sekunden lang den Atem an, bis sie Jenny und Julia, die Silberstern am Zügel führte, über den Hügel kommen sah.

Laura war klar, daß ihnen nicht viel Zeit blieb. Die Entführer würden ihre Pferde hören und wissen, daß etwas nicht stimmte. Sie hatten zwar den Vorteil der

Überraschung auf ihrer Seite, aber er würde ihnen nicht viel nützen.

Laura rannte den Freundinnen entgegen und schwang sich blitzschnell auf ihr Pferd.

„Zeit für den Viehtrieb!" verkündete sie.

Sie gab Silberstern die Fersen. Er reagierte sofort, und die drei galoppierten gleichzeitig um die Scheune und auf den Vorplatz, auf dem die Männer mit dem Transporter standen. Die Männer starrten sie verblüfft an.

„Was zum ...?" sagte der eine.

Laura beantwortete seine Frage mit Taten. Micky und Bodoni standen in einer kleinen Koppel neben dem Transporter, und einer der Männer hielt Garnet am Halfter.

„Mach das Koppeltor auf", rief Laura Jenny zu. „Ich nehme Garnet."

„Das glaubst aber auch nur du!" knurrte einer der Männer gereizt. Er drohte ihr mit der Faust. Laura war nicht bereit, sich auf einen Kampf mit ihm einzulassen, denn sie würde gegen diesen Mann auf jeden Fall den kürzeren ziehen. Aus diesem Grund ritt sie hinter Garnet und versetzte ihr einen kräftigen Schlag auf die Kruppe – nicht so hart, daß es ihr weh tat, aber doch hart genug, um sie zu erschrecken. Garnet, die die Verladeversuche ohnehin schon nervös gemacht hatten, schoß davon, in den Wald hinein und auf den Bach zu, also genau in die Richtung, die Laura sich gewünscht hatte.

Laura drehte sich zu ihren Freundinnen um. Jenny hatte das Gatter geöffnet, und Julia ritt gerade auf die Koppel und steuerte Pepper hinter Micky und Bodoni. „Heeah!“ brüllte sie wie beim Viehtrieb. „Los, bewegt euch!“ Micky und Bodoni waren genauso überrascht, wie Garnet es gewesen war. Sie stürmten durch das Tor und wollten dann nach links abbiegen, doch Laura schaffte es, sie auf den Wald zuzutreiben.

„Nichts wie weg von hier!“ schrie Jenny und galoppierte hinter den freigelassenen Pferden her.

„Das wollte ich auch gerade vorschlagen!“ rief Laura. Silberstern, Topside und Pepper verließen den Hofplatz genauso schnell wieder, wie sie ihn betreten hatten. Das letzte, was Laura hörte, bevor sie den Wald erreichten, war das Motorengeräusch des Pferdetransporters.

Der Wald rund um den Bauernhof war sehr dicht. Es gab keine Wege darin, nur den Bach. Die Pferde schlugen automatisch den Weg zum Bach ein, vielleicht, weil sie dort schon einmal gewesen waren. Das war auch gut so, denn die Mädchen hätten es sicher nicht geschafft, sie im dichten Unterholz zusammenzuhalten. Ein weiterer Vorteil am Bach aber war, daß er ziemlich schmal war. Er war zum Beispiel nicht breit genug für einen Pferdetransporter, und genau der versuchte, ihnen zu folgen.

Laura hörte hinter sich ein lautes Krachen, das sich anhörte wie Metall auf Holz. Gefolgt wurde es von einem Schwall von Flüchen. Laura ließ Silberstern anhalten und sah über ihre Schulter. Es war ein bildschöner Anblick. Der Pferdetransporter steckte unverrückbar zwischen zwei Bäumen fest, die rechts und links des Bachbettes standen. Jetzt würden die Entführer sie nie mehr einholen können.

„Jippie, wir haben gewonnen!" jubelte Jenny.

„Aber nur, wenn es uns gelingt, die Pferde heil nach Pine Hollow zu bringen", sagte Laura.

„Und dann rufen wir die Polizei an, damit sie diese Kerle verhaftet, bevor sie verduften", fügte Julia hinzu.

Das war richtig. Früher oder später würden es die Entführer schaffen, ihren Wagen zu befreien, und dann würden sie verschwinden.

„Beeilt euch!" spornte Jenny ihre Freundinnen an, doch das war gar nicht nötig. Sie ritten alle drei schon so schnell, wie es ging.

Die Mädchen hatten einmal Urlaub auf einer Ranch gemacht. Dort hatten sie mit ihrer Freundin Sara Devine an einem echten Viehtrieb teilgenommen und dabei einiges gelernt, das sich jetzt als nützlich erwies. Sie wußten zum Beispiel, daß sie die Herde so gut umkreisen mußten wie möglich, selbst wenn es sich nur um eine Herde von drei Tieren handelte.

Laura ritt voraus. Sie packte die Führleine, die von Garnets Halfter herabhing, und ritt den Bach hinunter. Julia bildete das Schlußlicht. Ihre Aufgabe war es, darauf zu achten, daß die beiden frei laufenden Pferde den anderen folgten. Jenny hatte die schwierigste Aufgabe. Sie ritt in der Mitte und mußte aufpassen, daß Micky und Bodoni nicht abbogen. Solange sie noch im Flußbett ritten, war das kein Problem, doch als sie die Feuerschneise erreichten und der Wald sich lichtete, wurde es schon schwieriger.

Bodoni war nicht nur ein wunderschöner schwarzer Hengst, er war auch selbstbewußt und unternehmungslustig. Anscheinend glaubte er, sich vor Micky und Garnet, den beiden Stuten, produzieren zu müssen, und das machte Jennys Aufgabe noch schwieriger. Sie mußte viel mehr auf Bodoni achten als auf das Pferd, das sie ritt. Zum Glück gehorchte Topside immer sehr gut, selbst wenn sein Reiter sich nicht ausschließlich auf ihn konzentrierte.

Hier machte sich Jennys Dressurtraining bezahlt, nur daß es diesmal nicht um eine Schleife ging, sondern um Wichtigeres. Jedesmal, wenn Bodoni nach rechts auswich, folgte Topside ihm und drängte ihn wieder nach links. Micky war anscheinend müde und damit zufrieden, Laura und Garnet zu folgen. Sie machte Jenny keine Schwierigkeiten, abgesehen davon, daß sie gelegentlich stehenblieb, um ein Maul voll Gras zu nehmen.

Julia zog einmal an ihrer Mähne und versetzte ihr einige leichte Schläge mit der Gerte, um sie zum Vorwärtsgehen zu ermahnen. Daraufhin setzte sie sich brav wieder in Bewegung.

Laura kam es vor, als wären sie schon den halben Tag unterwegs, doch als sie auf ihre Uhr sah, mußte sie feststellen, daß sie erst vor zwei Stunden in Pine Hollow losgeritten waren. Doch nun, da sie den Wald hinter sich gelassen hatten und der Reitstall in Sichtweite vor ihnen lag, waren sie alle erleichtert und brannten darauf, dorthin zu kommen. Das galt vor allem für Bodoni. Es war, als könnte er den Hafer und das Heu, das er dort bekommen würde, schon riechen. Noch bevor Jenny und Topside etwas dagegen unternehmen konnten, raste Bodoni im vollen Galopp auf Pine Hollow zu.

Den Mädchen blieb nichts anderes übrig, als ihm nachzusetzen. Sie galoppierten auf dem Randstreifen der Straße entlang, und als Bodoni die Straße überquerte, folgten sie seinem Beispiel. Glücklicherweise kam in diesem Moment kein Auto.

Bodoni blieb nicht bei den Stallungen stehen, sondern sauste über den Parkplatz, an der Zuschauertribüne vorbei und direkt auf den Springplatz, auf dem immer noch die Springprüfung lief. Eine erwachsene Reiterin brachte ihr Pferd mitten im Parcours zum Stehen und fragte erstaunt: „Was ist denn hier los?“ Eine ganze Reihe von Leuten stellte dieselbe Frage, als Laura,

Julia und Jenny mit Silberstern, Pepper, Topside, Micky und Garnet eintrafen. Silberstern hatte der wilde Galopp so aufgeregt, daß er sogar noch über eines der Hindernisse in der Bahn setzte. Laura versuchte, sich das Lächeln über seinen Eifer zu verkneifen.

In diesem Moment rannte Max Regnery auf den Platz. Sein Gesicht war rot vor Zorn. „Ich hoffe, ihr habt eine gute Erklärung dafür!" brüllte er.

Jenny brachte Topside vor ihm zum Stehen und grinste fröhlich. „Darauf kannst du wetten!" verkündete sie stolz.

# 12

Es dauerte ein paar Minuten, Bodoni einzufangen und ihn sicher in einer Box unterzubringen. Garnet und Micky waren erschöpft und ließen sich ohne Widerstand von Laura in den Stall bringen, wo Heu und Wasser auf sie warteten. Jenny brauchte jedoch etwas länger, um Max zu erklären, was passiert war.

Währenddessen hatte Julia etwas anderes zu tun. Sie rief die Polizei an. Es kostete sie einige Mühe, die Beamten davon zu überzeugen, daß sie ihnen keinen Bären aufbinden wollte und daß sie keine Zeit zu verlieren hatten. Schließlich drohte sie ihnen damit, daß sie ziemlich albern aussehen würden, wenn sie sich den Fang des Jahrhunderts entgehen ließen.

Der Beamte am Telefon versprach ihr daraufhin, einen Wagen zu dem Bauernhof zu schicken – und einen weiteren nach Pine Hollow, damit die Polizisten mit ihr reden konnten.

„Sehr gut", sagte sie. „Hier ist auch noch jemand, den Sie unbedingt kennenlernen sollten."

Nachdem sie den Hörer aufgelegt hatte, mußte Julia

über sich selbst lachen. Sie konnte kaum glauben, daß sie den Ausdruck „Fang des Jahrhunderts" gebraucht hatte. So etwas würde Jenny vielleicht sagen, aber doch nicht sie, Julia, die Musterschülerin. Sie beschloß, sich bei Jenny für die Eingebung zu bedanken.

„Was habt ihr getan?" fragte Max erstaunt, nachdem Jenny ihm von der Rettungsaktion erzählt hatte.

Jenny nickte nur. Es war sinnlos, ihm alles noch einmal zu erzählen. Er hatte richtig gehört, doch er mußte das Gehörte erst einmal verarbeiten.

„Ihr habt sie von den Entführern weggetrieben und dann bis hierher frei laufen lassen? Aber woher wußtet ihr denn überhaupt davon?"

Das war eine gute Frage. Jenny hatte von Anfang an gewußt, daß sie zumindest Max hätten einweihen müssen. Sie hätten sich nie in eine solche Gefahr begeben dürfen, doch sie hatten einen guten Grund dafür gehabt. Wenn sie es erzählt hätten, wäre das Leben der Pferde bedroht gewesen, und sie hätten sie vielleicht nie wiedergesehen. Doch wenn Jenny nun zugab, die Lösegeldforderung gefunden zu haben, würde es richtigen Ärger geben. Max' Frage hing also immer noch unbeantwortet in der Luft.

Da kam Jenny eine Idee. „Kriminalistische Logik, mein lieber Regnery", sagte sie.

Diese unerwartete Antwort versetzte Max dermaßen in Erstaunen, daß er, wie alle Umstehenden, in Gelächter ausbrach und gar nicht merkte, daß Jenny seine Frage überhaupt nicht beantwortet hatte.

Wenige Minuten später traf ein Polizeiwagen in Pine Hollow ein. Julia empfing die Beamten an der Stalltür und begleitete sie zu dem Platz, auf dem das Springen stattgefunden hatte, bevor es durch die Ankunft der geretteten Pferde unterbrochen worden war. Julia wollte, daß die Polizisten mit Jenny sprachen. Sie konnte am besten erklären, was passiert war. Es dauerte eine ganze Weile, die Geschichte zu erzählen, doch Jenny schaffte es schließlich, ohne die verschwundene Lösegeldforderung auch nur mit einem Wort zu erwähnen. Sie behauptete, es hätte ihren Verdacht erregt, daß die wertvollen Vollblutpferde plötzlich aus der Prüfung genommen wurden und verschwanden. Der schwierigste Teil ihrer Geschichte aber war, die Bedeutung der Kaugummipapiere zu erklären. Die Polizisten sahen einander nur verständnislos an.

„Ach, vergessen Sie, wie wir es herausgefunden haben", sagte Jenny schließlich. „Wir haben es eben herausgefunden. Und dann sind wir im Wald den Spuren gefolgt."

„Wo ist denn dieser Kaugummikauer?" fragte einer der Polizisten.

„Ich weiß es nicht", sagte Jenny. „Laura, was hast du mit ihm gemacht?"

„Oh, Sie werden ihn in der Sattelkammer finden",

sagte Laura und grinste selbstzufrieden. „Ich sagte ihm, Mrs. Reg hätte angeordnet, daß er die Dressursättel putzen soll. Alle Dressursättel! Sie werden feststellen, daß er nur ungern mit Ihnen gehen wird. Er macht seine Arbeit immer sehr gewissenhaft!"

Jeder, der gesehen hatte, wie Donald im Stall herumgehetzt war und sich bemüht hatte, immer beschäftigt auszusehen, nur damit niemand merkte, daß er auch Dinge tat, die nicht in Ordnung waren, lachte. Er war wirklich ein gewissenhafter Arbeiter.

Wenige Minuten später führten die Polizisten Donald aus der Sattelkammer. Sie erklärten, daß sie ihn auf die Wache mitnehmen wollten, sobald ihre Kollegen mit den Entführern aus dem Wald zurück waren.

„Dann haben wir ja noch etwas Zeit", stellte Max fest. „Warum beenden wir nicht die Springprüfung?" Dann wandte er sich seiner Mutter zu. „Und während wir den beiden letzten Teilnehmern zusehen, ruf du doch bitte die Besitzer der drei geretteten Pferde an und berichte ihnen, was für eine großartige Leistung unsere jungen Reiterinnen vollbracht haben."

„Das mache ich gern", sagte Mrs. Reg. „Allein schon, um den Mädchen dafür zu danken, daß alle unsere Dressursättel blitzblank geputzt sind!"

Es war typisch für Mrs. Reg, in einem Augenblick wie diesem an das Sattelzeug zu denken.

Das einzige, was Jenny, Julia und Laura ein wenig leid

tat, war die Tatsache, daß sie einen Großteil des Springens der Erwachsenen verpaßt hatten. Max sorgte jedoch dafür, daß sie Plätze in der ersten Reihe bekamen, damit sie wenigstens die beiden letzten Teilnehmer noch sehen konnten. Der Parcours für die erwachsenen Reiter war schwieriger, und die Hindernisse waren höher, doch es galten dieselben Regeln. Es war aufregend und spannend, den Reitern zuzusehen, doch die drei waren sich einig darüber, daß es noch spannender war, selbst zu reiten.

Nachdem der letzte Teilnehmer die Bahn verlassen hatte, verkündete Max, daß der Aufmarsch aller Reiter sowie die Siegerehrung in fünfzehn Minuten stattfinden würden. So hatten Red und ein paar Freiwillige genug Zeit, die Hindernisse abzubauen, und die Teilnehmer, die nicht an der Springprüfung der Erwachsenen teilgenommen hatten, konnten in Ruhe ihre Pferde satteln.

Laura hatte den Eindruck, daß Silberstern gar nicht begeistert war, als sie schon wieder mit dem Sattel über dem Arm zu ihm kam. „Das ist das letzte Mal", versprach sie ihm. „Und diesmal ist es harmlos. Keine wilden Galoppaden durch den Wald, keine Wasserdurchquerungen und auch keine Sprünge. Nur einmal im Schritt um den Springplatz, dann zu den Richtern, eine Schleife abholen, und dann ist es überstanden." Silberstern bedachte sie mit einem skeptischen Blick, doch

Laura vermutete, daß sich das geben würde, wenn erst eine Schleife an seinem Zaumzeug hing. Sie gab ihm eine Möhre, die ihn aufzumuntern schien.

Alle Reiter reihten sich hintereinander ein, wie sie es vor dem Turnier geübt hatten. Aus den Lautsprechern erklang Marschmusik, und die lange Reihe von Pferden bewegte sich auf den Springplatz. Die Mädchen mußten dabei an die Rodeoparade denken, in der sie einmal mitgeritten waren. Die Zuschauer, die die Nachricht von der Rettung der Pferde begeistert aufgenommen hatten, standen auf und jubelten den Reitern zu. Laura war überglücklich. Sie hatte schon immer vermutet, daß Turniere Spaß machen würden, aber nie gedacht, daß sie so aufregend sein konnten. Sie war mit sich selbst vollkommen zufrieden, denn sie wußte, daß Silberstern und sie ihr Bestes gegeben hatten, sowohl beim Turnier als auch bei der Rettungsaktion. Sie hoffte zwar, nie wieder ein entführtes Pferd retten zu müssen, doch das nächste Turnier konnte sie kaum erwarten.

Die Reiter marschierten nebeneinander vor dem Richterwagen auf.

Es wurden unzählige Preise vergeben. In jeder Prüfung bekamen die sechs Besten eine Schleife.

Als Max begann, die Schleifen zu verteilen, hatte Laura das Gefühl, als wäre das Ganze eine Sattelclubveranstaltung gewesen. In der Dressur bekam Jenny die goldene Schleife für den ersten Platz, Julia die silberne für den zweiten und Laura die weiße für den dritten Platz. Laura fand, sie hatte Glück gehabt, noch auf den dritten Platz zu kommen, doch Jenny hatte sich den ersten redlich verdient, und daß Julia auf dem zweiten Platz gelandet war, war ebenfalls gerecht.

Für den Geländeritt bekam Julia die goldene Schleife. Sie war die einzige Teilnehmerin bei den Jugendlichen, die eine fehlerfreie Runde geschafft hatte, ohne die Zeit zu überschreiten. Jenny und Laura klatschten heftig Beifall für sie. Sie hatte für dieses Turnier unermüdlich geübt und verdiente diese goldene Schleife. Laura kam auf den zweiten Platz, was sie sehr wunderte, und Jenny auf den dritten. Dann wurden die Preise für das Springen vergeben, und das Ganze wirkte immer noch wie eine Sattelclubveranstaltung. Laura war die unangefochtene Siegerin, und alle, die ihren Ritt gesehen hatten, erhoben sich erneut, um ihr und ihrem Pferd noch einmal zu applaudieren. Jenny kam auf den zweiten Platz und Julia auf den dritten.

„Gewinnt außer uns denn niemand etwas?" flüsterte Jenny Laura zu, doch Laura wußte, daß sie nur einen Scherz machte. Immerhin überreichte Max einem ganzen Haufen anderer Leute ebenfalls Schleifen. Es war nur so, daß er die besten immer ihr und ihren Freundinnen gab! Und das war in Ordnung, denn sie hatten sie sich schließlich verdient!

Als nächstes verteilte Max die Schleifen an die erwachsenen Reiter. Es war ein großes Teilnehmerfeld, und die Siegerehrung dauerte lange. Laura machte das Warten jedoch nichts aus, denn schließlich tat sie gerade etwas, das sie liebte. Sie saß nicht nur im Sattel ihres eigenen Pferdes, was an sich ja schon großartig genug war, und sie stand mit ihm nicht nur mitten auf einem Turnierplatz, umgeben von applaudierenden Zuschauern, sondern das Schönste war, daß am Zaumzeug ihres Pferdes drei wohlverdiente Schleifen flattern!

„Und nun kommen wir zum letzten Punkt unserer Siegerehrung", verkündete Max. „Wir haben noch zwei Sonderpreise zu vergeben. In beiden Gruppen gibt es eine zusätzliche goldene Schleife für den Reiter, der in jeder der Prüfungen die wenigsten Strafpunkte gesammelt hat. Bei den Erwachsenen ist dies kein Problem, und der Gewinner ist John Malcolm." Er überreichte Mr. Malcolm seine goldene Schleife, und das Publikum applaudierte höflich.

„Bei den Jugendlichen dagegen ist es schon schwieriger, wie Sie sich sicher denken können." Er hielt inne.

Laura, Julia und Jenny sahen sich an. Sie hatten nicht einmal gewußt, daß es eine Siegerschleife für den besten Reiter des Turniers geben würde. Es hatte ihnen vollkommen ausgereicht, daß jede von ihnen eine der drei Prüfungen gewonnen hatte. *Doch wenn es eine Schleife für den Besten gab...*, dachte Jenny.

„Wie Sie sehen, haben wir hier drei Reiterinnen, die ausgezeichnet geritten sind und in allen drei Prüfungen die Plätze eins bis drei belegt haben."

*... dann verdient sie ...*

„Eine von ihnen auszuwählen, ist fast unmöglich, doch es ist eine Aufgabe, die ich mir gestellt habe, als ich dieses Turnier organisierte. Und so freue ich mich, Ihnen verkünden zu können ... "

Julia beugte sich zu Laura hinüber. „Hoffentlich bist du es, Laura."

Laura, sagte Jenny zu sich selbst.

„... daß Laura Hanson den Ehrenpreis für den besten Reiter dieses Turniers erhält!"

„Ich?" fragte Laura entgeistert.

„Natürlich!" sagten ihre Freundinnen gleichzeitig.

„Komm bitte her, Laura. Hol dir deine Schleife ab, und reite eine Ehrenrunde mit Mr. Malcolm."

Wenige Minuten später stellte Laura fest, daß das einzige, das schöner war als drei Schleifen am Zaumzeug ihres Pferdes, vier Schleifen waren, die fröhlich im Wind flatterten, als sie im Galopp den Platz umrundete.

# 13

Bis die Sattelclubmitglieder dazu kamen, ihre Pferde zum letztenmal an diesem Tag abzusatteln, waren drei weitere Polizeiwagen eingetroffen.

Mrs. Reg sagte den Mädchen, daß die Polizisten mit ihnen sprechen wollten.

„Das möchte ich wetten", verkündete Julia düster. „Sie werden uns Handschellen anlegen und uns mit den Entführern in den Knast stecken."

„Oder *anstelle* der Entführer!" schlug Jenny vor.

„Nie im Leben", sagte Laura. „Heute ist schließlich der Tag, an dem wir alle goldenen Schleifen gewinnen, einschließlich der für die Verbrechensbekämpfung. Wir werden zu den Polizisten gehen, wenn wir fertig sind, aber vorher haben sich unsere Pferde gründliche Pflege und ein ordentliches Futter verdient. Immerhin haben wir ihnen einiges zu verdanken."

Dem konnten Jenny und Julia nur zustimmen. Sie waren sich jedoch auch darin einig, das Pferdeputzen nicht zu lang auszudehnen, und so trafen sie sich kurze Zeit später mit einem Polizisten in der Sattelkammer.

Mrs. Reg stellte ihn als Polizeimeister Kent vor. Er war ein großer Mann, der in seiner Uniform sehr ernst und furchteinflößend aussah. Selbst Laura, die durch ihren Vater an Uniformen gewöhnt war, war ein wenig eingeschüchtert. Alle Gedanken an goldene Schleifen in jeder Disziplin waren wie weggeblasen, als der Mann anfing zu sprechen.

„Wir haben zwei Männer in einem Transporter vorgefunden, der zwischen Bäumen verkeilt war", sagte er. „Das hat uns eine von euch ja schon am Telefon gesagt. Dann haben wir mit einem jungen Mann namens Donald gesprochen, und er hat uns eine hübsche Geschichte über entführte Pferde und Lösegeldforderungen erzählt, die genauso klang wie die, die eine von euch Mr. Regnery erzählt hat."

Er machte eine Pause.

„Inzwischen haben wir auch mit den Besitzern von Margerita und Bodoni gesprochen. Offenbar haben sie Lösegeldforderungen erhalten und beschlossen, uns nicht einzuschalten, weil sie um ihre Pferde fürchteten. Wir haben auch eine Miss Veronica diAngelo erreicht – eine Freundin von euch?"

„Eigentlich nicht...", begann Jenny.

Laura hielt es für unnötig, dem Polizisten zu erklären, was für ein Ekelpaket Veronica war. Sie versetzte Jenny einen Rippenstoß und sagte einfach „Ja".

Der Polizist hatte den Rippenstoß nicht übersehen,

und er schien ihm von Bedeutung zu sein. „Sie verrät uns kein Wort. Sie leugnet, überhaupt etwas davon zu wissen. Ich kenne jedoch euch Mädchen. Ihr deckt einander." Er machte wieder eine Pause. Laura merkte, daß er darauf wartete, daß eine von ihnen seinen Verdacht bestätigte. Doch die Idee war so abwegig, daß er von ihnen allen nur verblüffte Blicke erntete. Er interpretierte diese Blicke als Bestätigung. „Ah ja, ich kann in euren Gesichtern lesen. Ich recht habe. Mir ist klar, ihr wollt nicht mit der ganzen Wahrheit herausrücken. Aber Veronica hat euch leid getan, als sie sagte, daß ihr Pferd entführt wurde. Und ihr habt daraufhin beschlossen habt, die Sache in die eigenen Hände zu nehmen."

Laura hätte ihm am liebsten erklärt, daß es nicht Veronica gewesen war, die ihnen leid getan hatte, doch sie hielt vorsichtshalber den Mund.

Er sprach noch eine ganze Weile weiter und erklärte ihnen, daß selbst erfahrene und gut ausgebildete Polizeibeamte in schwierigen Situationen manchmal Probleme hatten und daß junge Mädchen niemals versuchen sollten...

Laura wußte, daß er in gewisser Weise recht hatte und hätte ihm gern erzählt, was wirklich passiert war, doch je länger er sprach, desto deutlicher wurde, daß er für all ihre Fehler eine perfekte Erklärung hatte. Warum sollte sie ihm widersprechen und sich selbst und ihre Freundinnen in Schwierigkeiten bringen?

„Wie auch immer", fuhr er fort, „mir ist natürlich klar, daß das Ganze gut ausgegangen ist, und ich bin der letzte, der Ärger macht, wenn es nicht nötig ist. Ihr drei werdet ohne Zweifel die nächsten paar Tage als Heldinnen gefeiert. Genießt die Aufmerksamkeit, aber laßt sie euch nicht zu Kopf steigen. Ich möchte nicht erleben, daß ihr noch einen Fall für meine Abteilung löst. Habe ich mich klar ausgedrückt?"

Jenny und Julia nickten und Laura salutierte. Das war eine ganz natürliche Reaktion für die Tochter eines Obersten der Marineinfanterie, gegen die sie nichts tun konnte. Der Polizist lächelte und salutierte ebenfalls.

Als die Mädchen die Sattelkammer verließen, stellten sie erstaunt fest, wie viele Leute sich inzwischen im Stall versammelt hatten, darunter ihre Familien. Sie erdrückten ihre Töchter fast. Selbst Jennys Brüder ließen sich zu einer Umarmung ihrer Schwester herab.

„Ich habe dich bisher nie für eine Heldin gehalten", sagte ihr kleiner Bruder Michael.

„Das ist eine Sache der Gene", behauptete ihr Zwillingsbruder Alex, und Jenny warf ihm einen vernichtenden Blick zu.

Auch Alicia und Mr. Feeney waren gekommen. Beide umarmten die Mädchen der Reihe nach und dankten ihnen für die Rettung ihrer Pferde.

„O Laura, es tut mir leid, daß ich so grob zu dir war", sagte Alicia.

„Das verstehe ich", sagte Laura. „Sie hatten einfach Angst. Daraus mache ich Ihnen keinen Vorwurf. Wenn ich darüber nachgedacht hätte, hätte ich sicher genausoviel Angst gehabt."

„Das glaube ich dir", sagte Alicia. „Aber ich bin nur froh, daß du nicht nachgedacht hast, denn wenn du es getan hättest, wo wäre Bodoni dann jetzt?"

Das war eine Frage, über die Laura gern mit ihren Freundinnen diskutiert hätte. Sie hätte zu gern ein Sattelclubtreffen abgehalten, aber es waren so viele Leute da, die mit ihnen reden wollten, daß sie unmöglich verschwinden konnten.

Plötzlich verstummten alle, denn ein Mercedes war vorgefahren. Die Türen wurden geöffnet, und Mr. und Mrs. diAngelo stiegen aus; ihrer schicken Kleidung nach zu urteilen waren sie gerade erst von ihrer Reise zurückgekommen. Veronica folgte ihnen mißmutig.

Mr. diAngelo ging seiner Frau und seiner Tochter mit gutem Beispiel voran. Er wandte sich als erstes an Jenny, denn sie stand ihm am nächsten.

„Ich glaube, wir sind euch zu großem Dank verpflichtet", sagte er und reichte ihr die Hand.

„Wir haben es für Garnet getan", bemerkte Jenny spitz.

„Sie ist ein tolles Pferd", fügte Laura hinzu. „Wir konnten sie unmöglich in den Händen der Diebe lassen."

„Nun, ihr drei habt mir viel Geld gespart", sagte Mr. diAngelo. „Ich habe gehört, diese Männer haben zehntausend Dollar Lösegeld verlangt. Ich bin euch sehr dankbar. Euch allen." Er packte Julias Hand. „Und ich bin sicher, meine Frau und meine Tochter wollen sich ebenfalls bei euch bedanken."

Mrs. diAngelo trat etwas vor und streckte den Arm weit aus, als wollte sie Leuten wie Jenny, Julia und Laura auf keinen Fall zu nahe kommen. Sie schüttelte ihnen nacheinander mit spitzen Fingern die Hand und nickte dabei förmlich.

Dann war Veronica an der Reihe. Sie kam näher als ihre Mutter – so nah, daß nur die Mädchen sie hören konnten. „Ich hätte nichts dagegen gehabt, sie loszuwerden", sagte sie. „Dieses verdammte Pferd hat mich um meine goldene Schleife gebracht. Ich denke, ich werde meinem Vater sagen, daß er sie verkaufen und mir ein vernünftiges Pferd kaufen soll, vielleicht Topside. Ich bin sicher, daß Max ihn mir verkaufen würde."

„Klar", stimmte Jenny zu. „Aber erst, wenn Weihnachten und Ostern auf einen Tag fallen!"

Veronica funkelte sie wütend an. Dann trat sie ein paar Schritte zurück und bedachte alle drei Sattelclubmitglieder mit einem haßerfüllten Blick.

„Ich bin vollkommen erschöpft vor Sorge, Mutter", sagte sie. „Ich muß jetzt heimfahren."

„Natürlich, Liebling", sagte sie. „Nimm meinen Arm."

„Ich glaube, ich muß mich übergeben", flüsterte Jenny Laura zu.

„Aber nicht auf den Mercedes!" sagte Laura mit gespieltem Entsetzen.

Veronica und ihre Mutter verschwanden hinter den getönten Scheiben des Wagens.

Mr. diAngelo war es offensichtlich peinlich, wie seine Frau und seine Tochter sich aufführten.

„Sie haben sich beide sehr aufgeregt", begann er.

„Das verstehen wir", sagte Julia. „Die ganze Geschichte hat jeden aufgeregt."

Er nickte, erleichtert, sich nicht länger entschuldigen zu müssen. „Ich möchte, daß ihr Mädchen wißt, wie dankbar ich euch bin. Veronica gibt Garnet die Schuld für ihre eigenen Fehler. Das wißt ihr sicher. Sie ist jetzt verbittert, doch sie wird darüber hinwegkommen. Und während sie nur an sich selbst gedacht hat, habt ihr drei etwas Großartiges für sie und für zwei andere Menschen getan, und dafür sollt ihr belohnt werden. Ich werde euch als kleines Zeichen meiner Dankbarkeit fünfhundert Dollar geben."

Drei Unterkiefer klappten herunter.

„Aber nein", protestierte Laura. „Das können Sie doch nicht… "

„Doch, ich kann", sagte Mr. diAngelo, stieg dann ebenfalls in seinen Wagen und schlug die Tür zu, um die Diskussion zu beenden.

Der Mercedes rollte vom Hof. Auch die Polizisten waren inzwischen fort, und die Reporter fuhren auch ab und murmelten etwas von Artikelschreiben und Redaktionsschluß. Die drei Mädchen blieben allein zurück.

„Was steht ihr hier herum?" fragte Max von hinten. „Es gibt Arbeit für euch. Wir haben über Nacht zwei Pferde hier, die nicht eingeplant waren, und uns fehlt ein Pferdepfleger, denn es scheint, daß er ein wenig mehr getan hat als die Pferde nur zu pflegen, und dafür wird er sich jetzt vor einem Richter verantworten müssen. Was meint ihr, wäre es euch möglich, ausnahmsweise einmal einzuspringen und uns bei der Stallarbeit zu helfen?"

Im Rampenlicht zu stehen, war schön, aber fast genauso schön war es, wieder zur Tagesordnung übergehen zu können.

„Du meinst, wir dürfen Micky und Bodoni putzen?" fragte Laura.

„Ich wüßte nicht, wer es sonst tun sollte", sagte Max. „Garnet auch. Ich finde, diese drei haben es sich heute verdient, besonders gründlich geputzt zu werden, und ich wüßte nicht, wer diese Ehre mehr verdient hätte als ihr."

„Ich nehme Garnet!" rief Julia schnell.

„Und ich Bodoni!" sagte Laura.

„Ich bin mit Micky ganz zufrieden", sagte Jenny. „Und wenn wir damit fertig sind, was haltet ihr dann von einem Besuch in der Eisdiele? Ich glaube, wir müssen ein paar Dinge durchsprechen ..."

„Mehr als nur ein paar", stimmte Laura zu.

# 14

Wieder einmal saßen die drei an ihrem Lieblingstisch. Diesmal war es in der Eisdiele noch gemütlicher als beim letztenmal, denn es war unwahrscheinlich, daß Veronica diAngelo plötzlich auftauchen würde, um mit ihren neuen Ohrringen zu protzen.

„Fünfhundert Dollar!" sagte Jenny. „Denkt doch nur an all die wundervollen Dinge, die wir dafür kaufen können!"

Doch Laura schüttelte den Kopf. „Wir können sein Geld nicht nehmen", sagte sie. „Auf keinen Fall. Es würde bedeuten, daß wir es nur für Geld getan hätten, aber das haben wir nicht. Wir haben es getan, weil die Pferde in Gefahr waren."

„Und weil es Spaß gemacht hat", fügte Jenny hinzu. „Es hat sogar so viel Spaß gemacht, daß wir vielleicht eine Firma gründen sollten. In der nächsten Zukunft wird hier in der Gegend zwar keiner wagen, ein Pferd zu entführen – unser Ruf wird die Verbrecher abschrekken –, aber wir können auch andere Fälle lösen. Was haltet ihr davon?"

„Deine Vorstellung von Spaß deckt sich nicht immer mit meiner", gab Julia zu bedenken. „Du hast doch gehört, was der Polizist gesagt hat, oder? Wir hätten in Schwierigkeiten geraten können. Die Kerle hätten den Pferden oder uns etwas antun können. Weißt du nicht mehr, wie wir uns gefühlt haben, als wir dachten, sie hätten Veronica entführt?"

Das war ein ernüchternder Gedanke.

„Doch, schon", gab Jenny zu. „Aber weißt du nicht mehr, wie enttäuscht wir waren, als sich herausstellte, daß sie es doch nicht getan hatten?"

Die Mädchen lachten. Es stimmte schon. Veronica war so ekelhaft, daß sie alle drei insgeheim gehofft hatten, jemand würde sie sich schnappen und ihr die längst überfällige Lektion erteilen.

„Oh", sagte Jenny plötzlich leise, aber mit einem Lächeln auf dem Gesicht.

„Was heißt hier ‚oh'?" wollte Laura wissen.

„Ich hab's", sagte sie.

„Was?" fragte Julia.

„Mir ist gerade eingefallen, warum wir die fünfhundert Dollar von Mr. diAngelo annehmen müssen."

„Also, ich finde es nicht in Ordnung", sagte Laura.

„Warum?" fragte Julia Jenny.

„Weil es Veronica absolut stinkwütend machen wird!"

„Oh!" sagte nun auch Julia.

Jenny sah Laura an. Sie nickte. „Ja", sagte sie. „Du

hast vollkommen recht. Wir werden das Geld nehmen. Wir müssen uns nur noch überlegen, wie wir es ausgeben wollen."

„Ich weiß schon, wie ich die ersten paar Dollar ausgeben werde", sagte Julia, die gesehen hatte, daß die Kellnerin auf ihren Tisch zukam. „Ich werde mir ein Vanilleeis mit heißer Karamelsoße gönnen." Die Kellnerin notierte es, dann sah sie fragend Laura an.

„Ich nehme den Schoko-Minz-Becher mit Karamelsoße."

Die Kellnerin notierte auch diese Bestellung und sah darauf Jenny an. „Vanille?" fragte sie hoffnungsvoll.

„Wohl kaum", entgegnete Jenny. „Ich nehme den Erdbeercocktail mit Ananasstückchen und Schokoladensoße und dazu Schlagsahne."

Die Kellnerin sah sie entsetzt an.

„Ach ja, und vergessen Sie nicht die Kirsche oben auf der Sahne." Die Kellnerin flüchtete hinter den Tresen.

Für den Sattelclub hatte das normale Leben wieder begonnen, und das war jedem einzelnen seiner Mitglieder absolut recht.

## Spannende Krimigeschichten für Jungen und Mädchen

Fiona Kelly
**Geheimnisvolle Spuren**
Mystery Club Band 1

Holly, Tracy und Belinda werden in ihren ersten Kriminalfall verwickelt, als sie im Schulkeller ein altes Gemälde finden. Es soll Hinweise auf das verschwundene Vermögen einer Adelsfamilie enthalten. Als die Mädchen ermitteln, und ihnen zwielichtige Gestalten in die Quere kommen ist klar: Der Mystery Club ist auf der richtigen Spur!

**Auch in den folgenden Bänden erleben Holly, Tracy und Belinda wieder spannende Krimi-Abenteuer:**

Band 2 Gefahr für die Zeugin
Band 3 Die verbotene Insel
Band 4 Diebe in der Nacht
Band 5 Unheimliche Nachbarn
Band 6 Entführt!
Band 7 Verdächtig
Band 8 Der falsche Schatzsucher

*In Vorbereitung:*

Band 9 Steffis Geheimnis
Band 10 Das verlorene Amulett